民國文化與文學^{研究}文叢

十六編

李 怡 主編

第 18 冊

作家李劼人的實業檔案識讀與研究(下)

傅 金 艷 著

國家圖書館出版品預行編目資料

作家李劼人的實業檔案識讀與研究（下）／傅金艷 著 -- 初
版 -- 新北市：花木蘭文化事業有限公司，2023〔民 112〕
目 2+196 面；19×26 公分
（民國文化與文學研究文叢 十六編；第 18 冊）
ISBN 978-626-344-540-6（精裝）

1.CST：李劼人 2.CST：傳記 3.CST：歷史檔案 4.CST：現代文學

820.9   112010658

特邀編委（以姓氏筆畫為序）：

丁　帆	王德威	宋如珊
岩佐昌暲	奚　密	張中良
張堂錡	張福貴	須文蔚
馮　鐵	劉秀美	

ISBN-978-626-344-540-6

9 786263 445406

民國文化與文學研究文叢
十六編　第十八冊　　　　　　　ISBN：978-626-344-540-6

作家李劼人的實業檔案識讀與研究（下）

作　　者　傅金艷
主　　編　李　怡
企　　劃　四川大學中國詩歌研究院
總 編 輯　杜潔祥
副總編輯　楊嘉樂
編輯主任　許郁翎
編　　輯　張雅淋、潘玟靜　美術編輯　陳逸婷
出　　版　花木蘭文化事業有限公司
發 行 人　高小娟
聯絡地址　235 新北市中和區中安街七二號十三樓
　　　　　電話：02-2923-1455／傳真：02-2923-1452
網　　址　http://www.huamulan.tw 信箱 service@huamulans.com
印　　刷　普羅文化出版廣告事業
初　　版　2023 年 9 月
定　　價　十六編 18 冊（精裝）台幣 45,000 元　　　版權所有・請勿翻印

作家李劼人的實業檔案識讀與研究(下)

傅金艷 著

目次

李劼人實業檔案研究

一、李劼人與嘉樂紙廠的紙張供應

　　嘉樂紙廠初建時，廠門口掛著一副董事長陳宛溪親筆書寫的對聯：數萬里學回功成一旦，五六人合夥創業四川。可惜，陳宛溪在 1929 年就去世了，沒有看到嘉樂紙廠的輝煌。

　　嘉樂紙廠創業之初所產紙張主要是新聞紙。但生產初期的嘉樂紙質量並不佳，因為紙質粗糙容易損壞字丁而被報社印刷廠所嫌棄。抗戰時期嘉樂紙廠發展壯大，紙張質量有所提高，再加之無其他紙張參與市場競爭，一時間，「嘉樂紙」聞名遐邇，一時「嘉樂紙貴」：

> 　　戰時因為紙張品質不好、印刷困難，有一些真正令我感動的書，多翻幾次就出現磨痕。高中畢業後等聯考發榜那段時間，我買了當年最好的嘉樂紙筆記，恭謹地抄了一本紀德（André Gide，1869～1951）《田園交響曲》和何其芳、卞之琳、李廣田的詩合集《漢園集》，至今珍存。字跡因墨水不好已漸模糊。〔註1〕

　　這段珍藏在齊邦媛心中的美好回憶中有對嘉樂紙的讚美。那是在 1943 年，那時正值嘉樂製紙廠股份有限公司飛速發展時期，紙張年產量達到 1000 噸左右，但仍然供不應求，這是因為太平洋戰爭爆發後，洋紙和外埠紙供貨受到各方面限制。再加之國民政府遷都重慶，四川成為抗戰時期中國政治經濟文化中心，對於紙張的需求量空前增長。李劼人及其同仁創辦機器造紙廠，服務於西

〔註1〕齊邦媛：《巨流河》，北京：生活·讀書·新知三聯書店，2011 年，第 199 頁。

南文化事業,實踐著實業救國,在這一時期得以最大化體現。嘉樂紙滿足了抗戰期間作為大後方的四川用紙的需要,為抗日戰爭時期的文化傳播作出了重要貢獻。下面通過檔案顯示的嘉樂紙廠對各方的供貨渠道,以說明之。

(一)由經濟部日用必需品管理處統一調配的紙張供應

1938 年 1 月 1 日,國民黨中央召開第 62 次常委會,通過了《中央機構調整案》,統一了經濟行政機構,建立了專管經濟的部門——經濟部,包括工、礦、商、農、林、漁、牧等領域,決議由翁文灝為經濟部長。經濟部專門成立了「日用必需品管理處」,以解決戰時緊缺物資的調配和供應,紙張順理成章地納入了該處管理調配範圍。經濟部經過充分調查,估計重慶市紙張消費數量每月約三萬令,而紙張實際供應卻遠遠不夠,於是在 1943 年 6 月公布《管理重慶市手工紙張辦法》《管理機制白報紙及米色報紙辦法》兩種〔註2〕,規定紙商必須向「日用必需品管理處」申請營業許可證,採購須憑准購證,貨物進境、出境均需登記,市場交易予以監督。對於機製紙,管理處明確規定:

> 本處對於紙張供應,以機關團體報社等直接用戶為對象,用途以抗戰有關宣傳品及小學教科書為先。所有國產機制白報紙及米色報紙等,均由本廠交本處統籌分配,以期合理,而資節約。〔註3〕

紙張成為日用必需品而為經濟部統管,這對於生產者來說有利有弊:利在紙張銷售不再成為難題,弊在不能根據市場需求而爭取利益最大化。不過對於以實業救國、文化強國為己任的嘉樂紙廠來說,這無疑是踐行其實業理想的最好機會。嘉樂紙廠在抗戰期間,全力為經濟部日用必需品管理處供應紙張,為滿足重慶政府機關用紙、西南地區抗戰宣傳用紙作出了卓越貢獻。

事由:為該廠每月應最低生產紙量一案仰遵照由

經濟部日用必需品管理處訓令

(卅二)處管二字第四四一九號

中華民國三十二年六月十二日

令嘉樂製紙廠:

〔註2〕中國第二歷史檔案館編:《中華民國史檔案資料彙編・財政經濟(九)》第五輯第二編,南京:檔案出版社,1997 年,第 53 頁。

〔註3〕中國第二歷史檔案館編:《中華民國史檔案資料彙編・財政經濟(九)》第五輯第二編,南京:檔案出版社,1997 年,第 11~12 頁。

案查該廠每月應各生產白報紙及米色報紙之最低數量，曾於本處召集之第一次國產機製紙張議價會議中，即席認定為米色報紙一千五百令，業經記錄呈奉。經濟部三十二年六月四日（卅二）管字第五〇五二九號指令准予備案，並著分飭造紙工廠遵照等因，奉此除分令外合轉，令仰遵照為要！

代理處長熊祖同

副處長吳至信

1943 年 6 月，嘉樂製紙廠股份有限公司按照經濟部日用必需品管理處要求，呈報每月生產米色報紙 1400 令。

收文第 85 號

（卅二）處業一字第七三一三號

案查關於貴公司前價售與處嘉樂紙二千四百令，差欠三十八令又七百五十張一案。

前承貴公司陳廠長曉嵐在渝面允補交，經本處於本年六月十二日以處業一字第四三八八號函請查照如數補足，去後迄未准復。茲因亟待結算，是項查照迅予惠補並見復為荷。此致

嘉樂造紙公司重慶分公司

經濟部日用必需品管理處啟

三十二年九月十日

這是經濟部日用必需品管理處在同年 6 月向嘉樂製紙廠股份有限公司統購的 2400 令紙。到了 1944 年，物價飛漲，紙張供應更加困難。嘉樂紙這一時期表現突出，一方面作為小學教科書指定印刷紙張，一方面作為國民政府機關用紙。

收文第 0026 號

事由：為在本年三月至六月期內，應按月至少製造嘉樂改良紙三百
　　　令供應本處令仰遵辦由

經濟部日用必需品管理處訓令

（卅三）需管二字第〇九七四號

中華民國卅三年二月三日

令嘉樂製紙公司：

案查該公司近與國定中小學教科書七家聯合供應處訂立承制嘉

樂改良紙八千令，分於本年三、四、五、六四個月內交貨合約，請由本處擔保一案，業於一月廿九日令准，保證在卷。茲以嘉樂紙用途甚廣，需要迫切，本處對申請各機關及用戶過去已允按月固定供應者均未可或缺。該公司梁總經理前次參加小學教科書紙張供應問題座談會時，曾承諾除依約制供七家聯合供應處嘉樂改良紙八千令及本處嘉樂改良紙二千令外，並自本年三月至六月，每月再產供本處三百令。此種努力生產，減輕後方用紙困難之精神至堪嘉許，仍仰赶速供應。在履行前項合約期內（本年三月至六月），尤應按月優先製造至少三百令供應本處，以作分配各機關及用戶之用。合行令仰遵照辦理為要！此令！

處長熊祖同

　　李劼人在這一時期經常往返於成都、樂山、重慶三地，殫精竭慮，急需總理銷售和生產管理的將帥。1943 年 8 月梁彬文回到嘉樂製紙廠股份有限公司擔任總經理，以自己的聰明才幹力證了董事長李劼人的伯樂氣度。嘉樂紙廠的眾股東曾經對於董事長李劼人用重金請回梁彬文的做法非常不滿，〔註4〕梁彬文不負董事長的重望，既幹旋於經濟部、教育部、七聯處等政府管理機構之間，同時在指揮生產、調度、銷售時，又果斷有魄力，為董事長李劼人分憂不少。

收文第 0055 號

經濟部日用必需品管理處快郵代電

快郵代電（卅三）處管二字第二一五二號

嘉樂製紙廠鑒：

　　頃准三民主義青年團中央幹部學校幹渝總第（31）號公函，為印製大批書籍及講義，擬請價購白報紙一千令、嘉樂紙兩千令，以資應用等由。除白報紙另行辦理外，嘉樂紙二千令擬請貴廠額外產製，並希見復以憑轉達為荷。

經濟部日用必需品管理處管二徵印
中華民國三十三年三月八日下午四時

〔註 4〕李眉：《李劼人年譜》，《新文學史料》1992 年第 2 期。

收文第 0061 號

經濟部日用必需品管理處快郵代電

快郵代電（卅三）處管二字第二三〇四號

　　嘉樂造紙廠：關於三民主義青年團中央幹部學校請額外產製嘉樂改良紙五百令一案，前已承貴廠陳廠長曉嵐面允，茲訂於本月十四日上午九時在本處會商訂購一切手續。除另函通知該校外，相應電請查照，準時派員來處洽辦為荷。

　　　　　　　　　　經濟部日用必需品管理處管二徵印

　　　　　　　　　　中華民國三十三年三月十一日下午四時

　　日用必需品管理處負責國民政府機關用紙，不過各個機關部門因抗戰時期的種種宣傳需求，其預定的二千令遠遠不能滿足的。即便後來每月又要求增加了三百令，仍然常有如上文所示的那樣，由「經濟部日用必需品管理處」發文給嘉樂製紙廠股份有限公司，要求額外增製紙張。

本處收購紙張數量表（單位：令）（三十二年二月至三十三年六月）

類　別	收購數量			
	三十二年二月至六月	三十二年七月至十二月	三十三年一月至六月	
機製紙	5,033	14,692	8,695	
合　計	42,435	73,625	65,948	每年二至八月為手工紙出產淡季

　　統購統銷，嘉樂紙的銷路從此不成問題；統購統銷，嘉樂紙廠有了紅利，而紙廠眾股東卻直接把紅息轉作股本而增股擴資，希望做大做強，為國家出更多的力。

（二）國定中小學教科書七家聯合供應處指定用紙

　　嘉樂紙在 1943 年被指定為國定本中小學教科書印刷用紙，政府的這項措施使嘉樂紙在抗戰時期的國民教育中成就斐然，同時也為嘉樂製紙廠股份有限公司的發展帶來最大生機。

　　國定本教科書是國民政府教育部通令各省市統一採用的教科書的通俗名稱。抗戰爆發後，因為紙張短缺，教科書印刷用紙由舶來品為土紙所代替，使得「破頁爛篇，比比皆是，流轉愈遠，揉毀愈甚，不待披閱，已行破碎，讀者

見其模糊難辨，遂棄置一旁，不予省閱。又如學校教科書，關於文字部分，多用三、四號字排印，尚不至於模糊，而風景、人像各種銅版，則一片烏黑，莫辨誰何！動植物標本，理化作圖，也一樣的辨認不得」。〔註5〕1942 年 5 月 26 日，蔣介石致函陳立夫，要求「以後凡小學教科書，一律限期由部自編，並禁止各書局自由編訂」。〔註6〕緊接著在 1943 年 4 月，國民政府指定商務印書館、正中書局、中華書局、世界書局、大東書局、開明書店、文通書局等七家出版機構，在重慶組織國定本教科書七家聯合供應處，簡稱「七聯處」，承擔國定本教科書的印刷發行任務，教科書印刷用紙選用嘉樂紙。從 1943 年到 1945 年，嘉樂製紙廠股份有限公司為七聯處供應了上千萬冊的教科書用紙〔註7〕。

　　小學教科書紙張供應問題座談會會議記錄

　　時間：三十二年一月十四日上午九時

　　地點：本處大禮堂

　　出席人：彭百川（教育部）、張永惠（中工所）、高明強（七聯處）、
　　　　　　姚戟楣（七聯處）、朱伯嘉（七聯處）、梁彬文（嘉樂紙廠）、
　　　　　　鄒福墉（日用必需品管理處）、朱桂茂（日用必需品管理處）、
　　　　　　劉孝輝（日用必需品管理處）

　　主席：吳副處長

　　記錄：朱桂茂

　　報告事項（略）

　　討論事項：

　　一、本年度秋季七家聯合供應處印刷中小學教科書需紙八千令應如
　　　　何籌供案

　　決議：

　　　　1. 小學教科書用紙八千令由嘉樂紙廠趕製嘉樂改良捲筒紙供
　　　　　應；

　　　　2. 自三月份起至六月份止，每月製供二千令陸續交貨；

　　　　3. 捲筒紙按淨磅計價，每令重量不得低於四十磅或超過四十五
　　　　　磅；

〔註5〕謝澄宇：《一、談出版》，《出版通訊》1943 年第 2 期。

〔註6〕國民黨中央民眾訓練部檔案、中國第二檔案館編：《中華民國史檔案資料彙編‧教育一》第五輯第一編，北京：檔案出版社，第 458 頁。

〔註7〕見自嘉樂紙廠檔案卷宗中所存的嘉樂紙廠創辦 20 週年慶的回憶文章。

4. 統稅運輸捲筒均由七家聯合供應處負擔；

5. 紙價按照廠方實際成本（附表）酌加利潤計算；

6. 七家聯合供應處與嘉樂紙廠應另行訂立合同以資信守。

圖5　小學教科書紙張供應問題座談會會議記錄

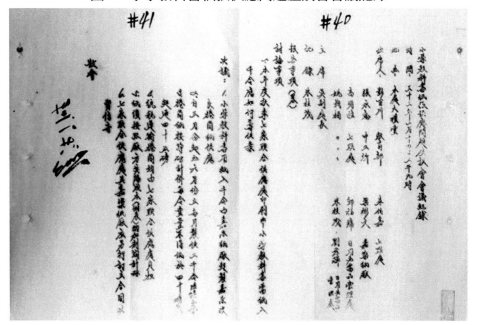

　　檔案中清楚地交代了 1944 年 1 月 14 日，嘉樂紙廠被七聯處指定為小學教科書的生產廠家，從 3 月到 6 月每月要供給七聯處二千令紙趕製秋季教材。八千令的訂單對於嘉樂紙廠完全是大訂單，這一年嘉樂紙廠的年產量為三萬多令，教科書的訂購數量就佔了四分之一強。不過，嘉樂製紙廠股份有限公司與七聯處在 1943 年就已經有契約了。在樂山嘉樂紙廠 1 月 8 日寫給成都總公司的信件中，就有如此陳述：

收文第 0010 號

嘉樂製紙廠股份有限公司用箋

嘉渝業字第吉號

……

二、昨日蓉分公司袁副經理來樂言稱：渝售七聯處改良紙一千令條
　　約上，限本年一月底止在蓉交貨，過期罰款為數甚巨。樂處因
　　舊曆年將屆，如舊曆年前不能運達成都，則筏舟均沿舊休息五

日（無論運成與否），當即設法雇得木筏三支，本日全部裝載，准明日長行。並限該筏等決定舊曆臘月廿六、七日趕抵蓉處。如限期到達，並給予獎金，蓉處應交一千令諒無問題。請轉總經理釋念。

三、近來江水愈漸枯涸，嘉敘、嘉蓉段船筏行馳極感苦難，且上下沿途軍隊、保甲、拉夫甚熾，舟筏裹腳不前。樂山米價突漲，故舟筏運價均較上月每噸上漲千元之譜，且仍感雇運困難。以後應交雇主貨件務請較往常推長時日，酌加運價為盼。

……

這封信寫於 1944 年 1 月 8 日。如函所示，嘉樂紙之前就已供給七聯處一千令。嘉樂製紙廠股份有限公司為了如期交貨，上下同心協力，保證了嘉樂紙如約遞交給七聯處。良好的信譽保證了七聯處後來直接指定嘉樂紙廠為小學教科書紙張供應廠家。然而，8000 令的生產、運輸也是困難重重。天氣變化、河流汛期、乾涸期、兵匪路霸以及節節上漲的運繳費用都給紙張供應帶來了諸多困擾。

收文第 0051 號

國定中小學教科書七家聯合供應處用箋

33 印字第 425 號

逕復者：

接奉二月廿三日臺函，藉悉前訂之紙張，已於二月廿三日由樂山運出捲筒紙十卷，改良紙一千令，至為欣慰。又承轉貴總公司二月廿六日來電，文曰：「七聯處鑒：二月份捲筒紙廿三日運出，三月份應交數，是否待試用後再製？電覆。」查第一批試用紙之捲筒紙，前經與貴公司梁經理談定，改為先運五十卷，所有准購證、准運證業於二月十四日送上。除已運之十卷外，應請即轉電貴總公司從速加運四十卷為荷！

這是嘉樂製紙廠股份有限公司與中小學教科書七家聯合供應處簽訂合約後首次運送。

經濟部日用必需品管理處快郵代電

快郵代電：卅三樂管二字第三〇七二號第　頁計　字

嘉樂製紙廠重慶分公司，奉三月二十五日函，該項應交國定中

　　小學教科書七家聯合供應處捲筒紙四十卷抵重慶時，希即通知本處，
以便派員前往查看為荷。

經濟部日用必需品管理處（印）

中華民國三十三年四月五日下午二點發

　　二三月份是岷江枯水季，嘉樂紙廠發運到重慶的紙張兩次遭遇翻船事件。
第一次是二月十六日在五通竹根灘附近〔註8〕，第二次是二月二十八日在宜賓
下游的納溪〔註9〕。第一次紙張損失相當慘重，100件紙張只打撈起16件；第
二次300令被民生公司打撈起來了大半，100件全部被撈起來，可是有74件
都被打濕了。有鑑於此，嘉樂紙廠為了保證交貨日期，與七聯處協商改為小木
船直運到宜賓，然後在那兒等候換乘民生公司的船輪運到重慶。轉運會延誤交
貨時間，也難免有貨物丟失、破損情形。而准運准購證都有時效限制，往往因
為延期到了碼頭而被海關所阻。

　　逕啟者：

　　　　查商公司〔註10〕三月內應交國定中小學教科書七家聯合供應處
　　　之捲筒紙四十卷，業於本月十八日交由木船運敘，待輪轉渝。茲特
　　　將該項捲筒紙起運通告表一份隨函奉送，請鈞處補查。至表內製造
　　　符號一欄因紙件交運匆忙，未及填入，合併陳明。敬祈查照為荷。

　　此致

　　經濟部日用必需品管理處

嘉樂製紙廠股份有限公司重慶分公司　　啟

三月廿五日

　　發文第131號

　　敬啟者：

　　　　查敝公司運交貴處訂製之捲紙九十卷吉〔註11〕渝時，曾以卅三

〔註8〕見樂山市檔案館檔案5-1-1027：117中四川省水上警察局樂山分局竹根灘分駐
　　　　所提供的船主黃海雲的報案陳述記錄和民生公司關於納溪沉船事件的報告。
〔註9〕參見樂山市檔案館檔案5-1-1027，卷宗中存有四川省水上警察局樂山分局竹根
　　　　灘分駐所提供的船主黃海雲的報案陳述記錄和民生公司關於納溪沉船事件的
　　　　報告。
〔註10〕商公司指的是重慶分公司。
〔註11〕吉，指運輸順利安全。在船運、運船失事被認為是不吉利的，四川地區稱之為
　　　　失吉。

字第 127 號函請提駁。茲該批捲紙起運通告表業已寄到，特為檢送一份，即請查照為荷。此致

七聯處

附第七次捲紙起運通告表一份。

啟

六月十二日

發文第 199 號

啟者：

敝公司運交貴處訂製之捲筒紙第 13 次紙七十二卷之起運通告表業已寄到，特為送達，請即查照為荷。此致

七聯處

嘉樂製紙廠股份有限公司重慶分公司啟

附 13 次起運通告表一張

七月廿二日

收文第 0188 號

國定中小學教科書七家聯合供應處用箋

33 印字第 1483 號

賜復請注明上列字號

接准貴公司三十三年七月廿六日函，以第九次捲筒紙第二批裝運之七十五卷稅票因被海關遺失，已函貴公司查補等由，並附下第九次捲筒紙第一批裝運二十五卷稅票一張，准此。查本處所購紙張依財政部記帳納稅辦法，亟待連同稅票造表呈報稅務署，第九次捲筒紙所遺失之稅票，請再催補擲下為荷。此致

嘉樂製紙廠股份有限公司重慶分公司

國定中小學教科書七家聯合處啟

卅三年八月十一日

發文第 239 號

啟者：

運交貴處改裝平板紙壹千令之運字 1460 號運證由嘉寄出，刻已

收到。前以久未收到，請貴處報請經濟部日用必需品管理處給予證明，以便辦理進口手續。現既收到即毋需再辦，特此函請查照，並請於十八日派員提紙為荷。此致

國定中小學教科書七家聯合供應處

啟

三三年八月十七日

備註：速繕送。

嘉樂製紙廠股份有限公司重慶分公司用箋

發文第 250 號

啟者：

茲送上

1. 代貴處運捲筒平板紙嘉、渝運繳統計表一張；

2. 一至十一次報關手續費單據八張；

3. 八次紙 40 卷運繳單據十九張；

4. 九次紙 90 卷運繳單據二十九張；

5. 十次紙張 72 卷運繳單據十二張；

6. 十一次平板紙 250 件運繳單據十張

請查收為荷。

此致

七聯處

33 年 8 月 22 日

如檔案所示，截至 8 月 22 號止，嘉樂製紙廠克服重重困難，為七聯處供貨十三批次。

發文第 167 號

逕啟者：

查敝公司運交貴處訂製之捲筒紙第九次運到七十五卷，曾以（卅三）字第 161 號函請□。前接敝總公司函附該項紙起運通告表，所載捲紙數量計為九十卷。除已先行運到之七十五卷外，刻又運到壹拾五卷，仍囤民生公司囤船，共為九十卷。特檢送該項捲紙起運通告表一份，即祈查照，並希即日派員接駁為荷。此致

七聯處

啟

嘉樂製紙廠股份有限公司重慶分公司

發文第 205 號

逕啟者：

　　敝公司第十次運交貴處訂製之捲筒紙柒拾貳卷計六百六十七令業已吉渝，現囤民生公司囤船，請將准運證迅領擲下，以便報關送驗，免致岩延過期擔負囤費為荷。此致

　　七聯

啟

發文第 202 號

逕啟者：

　　查敝公司前訂售與貴處之嘉樂改良紙壹仟令及捲筒紙三十萬磅計裝六百卷，除平板紙一千令已於第一次捲筒紙起運時一同運後交清外，其捲筒紙部分計已先後十次（其中第十次七十二卷已於七月九日運出）運交五百五十二卷，淨重 106027 公斤，計合 233746804 磅，尚餘四十八卷，計重 66253196 磅。經奉 6 月 6 日 33 總 1273 貴處函囑，所餘未運捲紙改裝平板紙運渝，按以每令重四十五磅計，應合平板紙一千四百七十二令。早經電達廠中，如數即日運渝，以便早日交清。殊於七月廿二日接得樂山來電云（據民生公司稱樂海關奉令，非有准運、准購證不得報關，七聯紙千令無法運出，請速設法云云）是此項平板紙業已出廠交運，惟因海關奉令非有經濟部日用必需品管理處准運證不能報裝，當即派員持電商之。

　　貴處即於是日向日用必需品管理處領得運字 1460 號平板紙一千令准運證一張，交敝公司寄廠備用。一俟運證到廠，即可報裝運渝。其餘平板紙四百七十二令及已運出之第十次捲紙七十二卷，務請迅辦准運證交來，以便寄樂裝運。其因改裝平板紙及海關准運證報裝等由，改貨運緩滯衍期，敝公司不能負遲期交貨之責，應先聲明。尚祈重詧至所有已交捲筒紙之次數、重量。茲特附上明細表一份，即請查照核對為荷。此致

　　七聯

啟

附售交捲筒紙明細表一份

七月廿四日

　　經濟部日用必需品管理處統購、統銷紙業，規定商家不得私相授受，但仍然禁而不止，至此海關規定必須有准購、准運證才能運輸。種種問題導致需交付七聯處的紙張並沒有在八月如期全部送達。

收文第 297 號

國定中小學教科書七家聯合供應處用箋

33 印字第 1904 號

賜復請注明上列字號

　　按准貴公司十月三日（廿三）字第 295 號函略，以改運成都交貨之四百七十二令未准，照例記帳，所墊稅款陸萬壹仟三佰陸拾元囑即歸還等由，准此。遂即如數開奉上海銀行 250907 號支票一張面交貴公司沈君在案，准函前由用特復，請查照是荷。此復

　　嘉樂製紙股份有限公司重慶分公司

國定中小學教科書七家聯合供應處啟

卅三年十月七日

　　批註：已收存勝利銀行，此件歸卷存查。（沈迪群印）十‧九

七聯處將運渝的一千令平板紙改運到成都印刷，這是其中的 472 令。

發文第 397 號

啟者：

　　敝公司售貴處之紙七千令，其應在渝交貴處之平板紙二千五百令，除已交二千二百令外，（立約轉交五百令），經濟部日用品處汽車運交二百令，提奉五百令，其餘二千四百令。茲接宜賓來電云此紙已於十九日運抵宜賓，捲筒紙亦已造成五十卷，已於本月廿一日全部到宜候民生公司，俟有船即運等語，特此奉聞。此致

　　國定中小學教科書七家聯合供應處啟

三三年十一月廿二日

收件第 273 號

國定中小學教科書七家聯合供應處用箋

總字第 369 號

　　案准：經濟部日用必需品管理處來函，准本處於十一月份、十

二月份向貴廠各購嘉樂紙一千令，合共二千令，茲請將訂購手續、付款辦法及交貨日期示知，俾派員趨前洽購手續為荷。此致

　　嘉樂紙廠重慶辦事處

　　　　　　　　　　　國定中小學教科書七家聯合供應處啟

發文第 219 號

啟者：

　　貴處改裝紙 2 千令刻已吉渝，正在辦理報關手續，下周內即可提取。特此通知，即希查照為荷。此致

　　七聯處

　　　　　　　　　　　　　　　　　　　　　　　　啟

　　1944 年，嘉樂製紙廠股份有限公司按約供應了七聯處七千令紙張。之後七聯處又在 11、12 月份追加了兩千令。

收文第 285 號

國定中小學教科書七家聯合供應處用箋

33 印字第 1869 號

賜復請注明上列字號

近啟者：

　　查貴公司由經濟部日用必需品管理處撥交本處之嘉樂紙五百令，計壹百貳拾五件已於本月廿四日提到，並今日發交國立四川造紙學校備用。當經該校抽查該項紙一百二十五件中之一件，共四令，應為對開紙四千張。發現缺少紙張計壹佰三拾四張，約缺少百分三點三五，其他壹百貳拾肆件尚未點驗。查合約第二條規定「……平板紙規定寬三十一英寸，長廿一英寸半，每令一千張……」。請於本月底前派員來處，以便雙方會同赴造紙學校點驗，由貴公司照約補足張數而符規定。並盼示覆為荷。此致

　　嘉樂製紙股份有限公司

　　國定中小學教科書七家聯合處啟（章）

　　　　　　　　　　　　　　　　　　　三三年十一月廿五日

　　備註：業於本月廿八日會同日用品管理處王劍萍君、七聯處胡用霖君前往該校材料庫清點、細數，除有少數每件（計四令）少十數張及多十數張情形外，並無缺少。至於該校抽查每四千張而發少

一百三十餘張之情形者，擬函七聯處□□□□。

沈迪群

大量的紙張運輸難免出現問題，而嘉樂製紙廠股份有限公司在發生糾紛時，一方面積極配合調查取證，一方面又允諾如數補足短缺部分。

嘉樂製紙廠股份有限公司被指定為教科書用紙，是本著薄利多銷，為文化事業竭盡綿薄之力。薄利儘管使公司扭虧為盈了，但是要想擴充設備、增加產量卻心有餘而又力不足。隨著抗戰勝利的即將來臨，其他紙廠逐步恢復了元氣，開始參與市場競爭，特別是政府統購統銷教科書用紙的指標成為保住薄利的重要途徑。李劼人董事長、梁彬文總經理雖然多方奔走，希望借助與經濟部、教育部多年的交道，能夠保留住教科書紙張指定生產廠家的地位，仍然不敵國營紙廠。為此，梁彬文1945年長期守在重慶，隨時向董事長李劼人報告七聯處的動態，與董事長商量如何設法爭取到下一季的訂單。3月15日夜裏專門寫信講述他的具體計劃和措施：1. 漲價；2. 擴充設備增加生產，1、2、3號紙機同時生產，爭取本年秋季供應兩萬令；3. 三月所造的紙全數運到重慶銷售。此時的梁彬文對於紙廠前景還是比較看好的。

> 劼人吾兄並云集兄大鑒：
>
> ……〔註12〕
>
> 本三月下半月及四月初正是此大批生意之大關頭，弟不可離，離則將失。且敘府中國紙廠、萬縣紙廠或銅梁紙廠以及黔元紙廠均在想售印教科書紙。我之前途好在有一年、二年供應歷史，而交貨信譽抓著雇主大部心靈，不然今季已成危機也。……

弟梁彬文

卅四・三・十五夜

國定本教科書隨著抗戰的勝利而而陷入一場利益爭奪戰中，各地自己翻印教科書導致了七聯處教材的推銷困境。1946 年，七聯處因為四家書局的加入而變成了十一聯處，機構也遷到了上海；1947 年開放了國定本教科書版權，洋紙也大量進入中國市場，紙張匱乏、印刷困難的局面得到了改變，嘉樂紙也結束了其輝煌時期。不過，其在抗戰時期為普及中小學教育、為宣傳抗戰文化的歷史功績仍然長存。

〔註12〕……為省略部分。後同。

（三）政府機構用紙的供應

發文第 11 號

嘉樂製紙股份有限公司重慶分公司稿箋

送達機關：中國國民黨中央執行委員會宣傳部

文別：函

事由：為前向本公司訂購嘉樂紙一千令刻已起運，希即派員來洽準
　　　備提貨由

擬稿：（沈迪群章）七月十四日

逕啟者：

　　查貴部前向敝公司訂購嘉樂紙對開紙壹仟令，頃接樂電，貨已
交輪運渝，剋日即可到達，務請迅予派員來晤準備提貨事宜為荷。

此致

　　中國國民黨中央執行委員會宣傳部

抄件

逕啟者：

　　本部出版處經購貴廠嘉樂紙趕印總理遺教，其預付之運費及保
險費等二十萬另六千元正，為期已久，尚未清帳。前以特帳手續函
待辦理，特派本部職員李寶克同志前來洽辦，即希查照迅速結清為
荷。此致

　　嘉樂紙廠

中央宣傳部

十一月十日

這是嘉樂紙張在 1943 年供應給宣傳部的函件。

收文第 272 號

財政部鹽務總局用箋

橋稅經第 700 號

　　茲派本局職員周福攜款前來貴廠洽購本局三月份所訂購之嘉樂
紙三千張。即祈如數價發為荷！

　　此致

　　嘉樂機器造紙廠

鹽務總局經理股啟

中華民國廿九年三月二十八日

（批覆：）照數發去。三月二十九日（王植槐印）

這是鹽務總局。

財政部西川稅務管理局樂山稅務分局用箋

逕啟者：

　　查本局前代稅務署於卅三年五月二十一日及八月廿六日訂購貴廠嘉樂紙各百令，茲以急待辦理抵解手續，所有原發票、收據因經辦人員更替遺失，相應函請貴廠查照，惠予分別補發是荷。此致

　　嘉樂製紙廠

財政部西川稅務管理局樂山稅務分局啟

三月十三日

財政部川康直接稅局重慶分局函

渝接稿 0743

民國 32 年 3 月 6 日

　　查本局擔印刷大批表格及帳簿所需嘉紙三十令，應向貴廠價購。茲派員攜款前來。即希惠予洽購為荷！此致

　　嘉樂造紙廠

局長許志藩

監印朱有續

校對吳忠模

這是稅務局。

收文第 0075 號

交通部材料供應總處

材供總（卅三）字第 2158 號

逕啟者：

　　本處茲以採購貴廠出品之嘉樂紙二令，請惠予價讓，並希見賜樣本一本，注明價格以便採購。至紉公誼！此致

　　嘉樂紙廠渝辦事處

交通部材料供應總署啟

三月

這是交通部下屬部門。

曙光經理大鑒：

　　茲有縣府汪科長擬向廠訂購新聞紙一二百令，務希設法通融為荷。如目前尚無現貨，即在本月內交貨亦可。端此即頌

大安

徐光普啟

四月七日

　　（批覆：）當面交涉，暫時無紙應命。俟至六月份生產增加時挪售五十令，價照當時行市結算，但須先行交付款項一大部，方為有效。

四月十二日（王植槐章）

這是樂山縣府。

從財政部、中宣部、交通部到地方縣府、各局對於嘉樂紙都有著極大的需求，本著戰時需要，為了抗戰宣傳，嘉樂製紙廠股份有限公司加班加點，儘量滿足要求。

收文第51號

軍事委員會辦公廳機要室公函

辦機發字第四三四七號

中華民國三二年七月

事由：函請准購黃綠嘉祿紙各三拾令，派本室事務股長胡志堅前來
　　　面洽由。查本室編印軍用密電碼本，每月需紙數量約在六十
　　　令左右。現在市上可用紙張數量甚少，採購極感困難。

　　貴廠所出黃綠嘉祿紙尚可合用，茲派本室事務股長胡志堅前來，相應函請查照，惠予面洽。即希准購黃綠嘉祿紙各三十令，此諮應用為荷。此致

嘉祿（樂）紙廠

軍醫署陸軍衛生材料廠藥棉紗布製造所公函

公函技購字第353號

事由：為訂購綠色新聞紙一百令即希查照辦理由

　　逕啟者：本所前向貴廠購買之綠色新聞紙，現已用罄。茲擬續購壹佰令以濟需用，相應函達，即希查照，其貨價若干，並希示覆，

一併匯上。一俟本所將護照寄到時,即予運交渝大溪溝三元橋四十一號,以備取用為荷!此致

　　嘉樂造紙廠

　　　　　　　　　　　　　　　陸軍衛生材料廠(印)
　　　　　　　　　　　　　　　中華民國二月十四日

收文第 182 號

逕啟者:

　　敝班在泰源堂定製筆記課本四千,因該店尚缺殼面半邊紙,特函請貴廠准予購發二千張。特此證明為荷,此致

　　嘉樂紙廠公鑒

　　　　　　　　　　軍政部殘廢軍人生產事務局技術人員訓練班啟
　　　　　　　　　　　　　　　　　　　　　　　三月三日

　　(注)當售五百張

　　　　　　　　　　　　　　　　　　　　29 年 3 月 4 日

逕啟者:

　　本團因裝訂各種表冊,需用新聞紙五千張,特派上尉營付湯整戎前來購買。請照價發售,相應函達即營付,希查照。

　　此致

　　嘉樂造紙廠

　　　　　　　　　　　　　　　　　　團長　佘易麟

　　(批覆:)洽定只售二千張,本日先取五百張,餘數限本禮拜來取。

　　　　　　　　　　　　　　　　　　　　三月廿五日

收文第 279 號

事由:為派員交涉購用紙張,煩為查照接洽案由

建南師管區補充兵團第五團團部公函

需字第二四號

民國二十九年三月三十一日

自蘇稽鎮發

逕啟者:

　　查敝團印製教材書籍需用紙張，業經函達，訂購嘉樂紙貳萬張。俾資取用而利推行在案。惟以工程緊急待用紙張刻不容緩。茲特專派本團第十四連連長趙德弼由蘇赴樂，逕詣貴廠交涉購運、付價各項事宜，至時尚望賜予接洽，俾獲成就。實紉公誼！

　　此致

　　樂山縣嘉樂紙廠

　　建南師管區補充第五團團長趙德樹（建南師管區補充第五團團長章）

收文第277號

軍政部建南師管區補充第四團公函（印章）

政字第29號

民國二十九年四月三日

事由：為函請發售新聞紙六萬張以資應用由

逕啟者：

　　本團及第三團，因付印各種教材及表冊，需用新聞紙陸萬張。茲特派湯營坩前來購買，請照價發售，相應函達。即希查照為荷！

　　此致

　　樂山造紙廠

　　　　　　　　　　　　　　　　　　　團長　余易麟

（批覆：）帶紙應命。四月四日（王植槐印）

收文第398號

曙光先生惠鑒：

　　久違！實深抱歉！

　　前蒙惠予交運來蓉嘉樂紙五拾令已如數收訖。現因敝所待印書籍極多，蓉垣無法購買，只當遵行前約，務祈貴廠先行籌集嘉樂紙五十令，並以市價示知，俾便即日匯款以利工作。區區之數，千祈先生鼎力設法，萬勿見卻是幸。費神之處，他日面謝。專此敬頌時祺！並候示覆

　　　　　　　　　　　　中央陸軍軍官學校教育處圖書館印刷所

　　　　　　　　　　　　　　　　　　　　　鄧慶琳拜

　　　　　　　　　　　　　　　　　　　　　五·十五

收文第 0014 號

事由：為印行調查證及兵役視察守則請購嘉樂紙一百令由

軍政部兵役署公函

卅三役案字第○四八五號

民國卅三年元月

中華民國卅三年一月廿四日發

逕啟者：

　　茲本署擬印調查證及兵役視察守則需要嘉樂紙一百令，除已函知日用必需品管理處准予照購外，特函請貴公司抽空趕造，以應急需而利公務為荷。此致

　　嘉樂公司

署長程澤潤

逕復者：

　　頃奉鈞處（卅三）需管二字第○七三一號快郵代電，略以軍政部兵役署因印行調查證及兵役視察手冊等需嘉樂紙一百令，擬向商公司洽購是否能於量外增產供給，囑即陳復等因。查兵役署需紙壹百令與抗戰關聯，商公司自應設法勉為增產供應。特此函復，敬祈察復為荷。此致

　　經濟部日用必需品管理處

啟

一・廿八

　　無論是當地駐軍還是軍隊各部門的諸種需求，嘉樂紙廠都及時做出了種種積極響應。

（四）文化機構用紙的供應

1. 北平故宮博物院樂山辦事處

　　1939 年，故宮南遷三路中的一路由中國聯運社與民生輪船公司運往樂山，故宮博物院 9369 箱文物和南京中央博物院 100 多箱文物在樂山的安谷存放。北平故宮博物院樂山辦事處隨之成立。成立之後，辦事處隨即開始了對文物的清理登記工作，這需要大量的紙張。而當時的紙張也作為重要戰略物資之一，需要行政院特設的日化用品購銷辦公室審核批准，才能按計劃供應。被稱為「上等紙」的嘉樂紙，更是須有需用機關函件證明才能商購。值

此之際，嘉樂紙廠無論是從紙張的質還是量上都給予故宮樂山辦事處有力的扶持。

收文第 165 號

逕啟者：

　　本處現因整理文物，需用貴廠出品嘉樂紙，為數甚多。日前曾向貴廠採購，據稱須有需用機關函件證明，方可照售。茲特備函商購五百張，以應急需。即希臺洽是荷。

　　　　　　　　　　　此致

嘉樂紙廠

　　　　　　　　　國立北平故宮博物館樂山辦事處啟

　　　　　　　　　中華民國二十九年二月二十四日

（注）發去新聞紙 250 張

收文第 221 號

逕啟者：

　　前向貴廠訂購嘉樂紙五百張，當以取得半數。尚有二百五十張，特再備函訂購。務祈臺洽售與為荷！

　　　　　　　　　此致

嘉樂紙廠

　　　　　　　　國立北平故宮博物館樂山辦事處（印）啟

　　　　　　　　中華民國二十九年三月十三日

　　（批覆：）售去二百五十張

　　上邊兩封公函上，都有嘉樂紙廠經辦人同意售紙的批示和蓋章。所需數量全部滿足，且「發去新聞紙」，保證了紙張質量，對故宮文物存放樂山期間的業務工作給予了極大支持。

　　2. 學校、報刊雜誌和出版社等

　　對於學校、報刊雜誌以及出版社的扶持是嘉樂製紙廠無論戰前還是戰後一直不變的堅守。無論是遷自川內的高校還是省外的學校，一旦求助於嘉樂製紙廠，該廠都千方百計，想辦法保證供貨，盡力保證百姓生計之需。

　　（1）學校

　　國立武漢大學西遷樂山，嘉樂紙廠與武漢大學有種種交接。不僅在文化補

助金一項裏為武大教授、學生提供了資金捐助，還從紙張方面給予了種種方便，以儘量滿足武大的需求。

收文第 241 號

　　茲有本校學生徐松清等備款前來，請售給綠色報紙四百張。至盼！

　　　　　　　　　　　　此致

　　嘉樂紙廠

　　　　　　　國立武漢大學廠務組總務處（印）啟

　　　　　　　　　　　　三‧十九

　　（批覆：）照數發售。

收文第 133 號

新生活運動促進總會

婦女指導委員會生產事業組

樂山蠶絲實驗區用箋

曙光經理先生大鑒：

　　逕啟者，前談商售嘉樂紙一事，承蒙允荷裁出，茲為本區養蠶上之用，需大張五令，小張三令，特此備函前來，請即賜接洽。如能照批發價格出售，尤為感禱。專此順頌

　　臺綏。

　　　　　　　　　　　　費達生〔註13〕謹啟（章）

　　　　　　　　　　　中華民國廿九年二月十四日

　　（批覆：）發出新聞紙五千張。二月十六日（王植槐章）

　　1934 年 2 月 19 日，蔣介石在南昌宣布「新生活運動」促進會成立。「新生活運動」旨在改造社會道德與國民精神。1936 年 2 月，在南京成立了婦女指導委員會，由宋美齡任指導長，旨在依據「新生活運動」的準則，教化婦女。抗戰爆發後，「新生活運動婦女指導委員會」的生產事業組在四川展開蠶絲技術改造，樂山蘇稽的蠶絲實驗區就是其中的一個實驗區，後附屬於遷至樂山的

〔註13〕 費達生（1903～2005），江蘇吳江縣人，費孝通之姐。1938 年「新生活運動婦女指導委員會」計劃在四川展開技術改造，聘請費達生主持工作。經婦女指導委員會和四川省政府商洽，在樂山、青神、峨眉、犍為、眉山、夾江、井研等七縣建川南蠶絲實驗區，費達生為實驗區主任。

江蘇蠶桑專科學校。嘉樂紙廠自然要對其負起紙張等物資供應的責任。收到信函後，嘉樂紙廠馬上就發去五千張新聞紙。

> 遙復：此前託代交汽車轉運貴廠出品之紙一宗，計九千張。前日收到五千張，不禁大驚。昨又接大孔，始知車輛少而乘客多，尚有四千張不能交車運來。況此項紙張是敝店與統一公立各學校招生制試卷所用者，刻又不能專人來嘉取運。唯一之法，請貴廠再向車站商量，分作幾個小型包裹每日分運，其費用若干並祈示知。前留之運資若不敷用，敝店當再兌來嘉。勞神之處，敝店感激之至。此復
>
> 嘉樂造紙廠
>
> 成都福慶生紙店　啟
>
> 六月廿八日

成都福慶生紙店在翹首盼望紙張供應的理由中，特別強調了都是「公立各學校招生制試卷所用者」，當然也是耽誤不得。而運輸的繁重、交通的不便再加上苛捐雜稅諸種刁難，這都為當年嘉樂紙廠的紙張供應增添了種種困難。

> 克堅先生賜鑒：
>
> 敬啟者，敝校擬購嘉樂紙十領（令），前承允許，幫忙代購，尚未收到。茲特介紹小朋友孫敦樂君趨前接洽。如已購妥後，即希交孫君一部分帶下。倘已運來，亦請告知由何人運來，以便接洽。專此拜託。敬祝
>
> 康健！
>
> 陶行知啟
>
> 三月一日〔註14〕

教育名家陶行知先生在1940年想要購買十令嘉樂紙都要特別拜託在重慶新華社工作的朋友克堅先生，並且還需要派專人前去落實。這並不是特例。而到了1943年嘉樂紙的供應更加緊張。醇化中學作為嘉樂製紙廠股份有限公司的學校投資股東，其董事長陳嘯嵐與董事陳曉嵐是兄弟，陳曉嵐又時任嘉樂製紙廠廠長。即便如此，三令嘉樂紙在當時也是需要申購的。

〔註14〕陶行知：《陶行知全集·集外書信》（第8卷），成都：四川教育出版社，2005年，第639頁。

發文第 0073 號

敬啟者：

　　查武勝醇化中學需改良紙三令，業蒙鈞處核准配售，並附給收據一紙，囑申請人蓋章，限期到處領證。茲由該校董事陳曉嵐君代為蓋章具領。尚祈詧照核發為荷。此致

　　經濟部日用必需品管理處

　　附此據一紙

沈迪群印
四月十三日

逕啟者：

　　茲因本院編印教科書，擬向貴公司購買改良嘉樂紙三十令。除另函日用必需品管理處聲請發給准購證外，特此函請惠允照數發售，並希即示復為荷。此致

　　嘉樂製紙公司

上海法學院駐渝辦事處謹啟
院長褚輔成（章）

逕啟者：

　　本校為應用電氣油印機印製講義，按月約需貴公司發售之嘉樂紙十令，祈能惠予分購，毋任公便。此致

　　嘉樂製紙公司

國立復旦大學駐渝辦事處（印）謹啟
十月四日

（2）新聞報刊、圖書出版

復旦大學文摘出版社

收文第 0001 號

逕啟者：

　　敝社發行之文摘戰時旬刊及叢書為應付訂戶及同行，每月需要貴廠所出之嘉樂紙至少在五令以上。該項紙張經管制後，敝社頗難得到，以他紙代替亦感困難。茲聞貴廠現有水濕者十四令，倘祈見讓，亦可暫舒眉急。迫切之請尚祈惠允為感。此致

嘉樂紙廠

　　　　　　　　　復旦大學文摘出版社（印）謹啟

　　　　　　　　　三三年一月七日

　　備註：現存五件，計十五令。請向管理處領得准運、准購證，
可憑證售與。

　　　　　　　　　　　　　　　　　梁彬文

　　　　　　　　　　　　　　　　　卅三・一・八

逕啟者：

　　敝社發行之文摘戰時旬刊每期發行總額三萬份，近加印貴公司
製造之嘉樂紙版本，每期約需十令左右，故懇貴公司能按月惠予分
購二十令，以維敝刊之發行而惠讀者。不勝企禱之至。此致

　　嘉樂製紙公司臺鑒。

　　　　　　　　　　　　　　　　文摘出版社謹啟

嘉營字第 68 號　廿九年三月四日

逕啟者：

　　前承賜顧訂購敝紙六令，現已備妥，請即攜帶貨款貳佰肆拾元
（紙價每令肆拾元）即日惠臨敝廠提取為幸。此致

　　海王社

　　　　　　　　　　　　　　　　　（王植槐印）

事由：據呈為額外增產供應京華印書館及第二區印刷同業工會嘉樂
　　　改良紙一案令仰知照由

經濟部日用必需品管理處指令

處管二字第七五九號

中華民國卅三年八月十四日

　　令嘉樂製紙廠重慶分公司：卅三年八月十日呈一件，為呈報：
額外增產嘉樂紙供應京華印書館一百令及第二區印刷工業同業公會
四百令，請核發准購證、准運證由。

　　呈悉准予照發，仰分別轉知攜帶印章來處具領。

　　　　　　　　　　　　　　　　　處長熊祖同

收文第 248 號

南京日報籌備處用箋

逕啟者：

　　前見《中央日報》載稱貴廠現有大批嘉樂紙應市，敝社需用甚多，擬請告知該紙價格，以便前來採購為荷。此致

　　嘉樂紙廠辦事處

　　　　　　　　　　　　　　　　　（南京日報印刷廠章）

　　　　　　　　　　　　　　　　　　　　卅三‧十‧廿三

　　（注：）復發一號紙 6000.00；二號紙 5500.00

收文第 204 號

經濟部日用必需品管理處

（卅二）處發二九四一五

　　接准云章造紙股份有限公司十月五日箋函：「逕啟者：敝廠出紙困難情形，業經本月三日以業字第 315 號函達在卷，惟敝公司對於本市各報社紙張之供應仍竭其棉薄，多方設法藉為文化宣傳服務，現已代向樂山嘉樂造紙廠預定購報紙六百令，其中三百令係中央日報社所定，一百令係雲南日報所定，其餘二百令係朝陽報所訂，際由該報社等派員赴渝面陳□切外，相應函請查照，准予慎發、准購、准運各證逕寄嘉樂紙廠，俾裝運來渝以濟足市各報急需是□至荷」等因，查該公司所稱，現向貴處訂購報紙六百令，其經過情形本處前案可稽，相應函請查照見後，以憑核辦為荷。此致

　　嘉樂造紙廠

　　　　　　　　　　　　　　　經濟部日用必需品管理處啟

　　　　　　　　　　　　　　　　三十二年十一月九日

收文第 318 號

啟者：

　　鈞處訂購嘉樂紙二十三令刻已去渝，正辦理進口手續中，特此奉聞。此致

　　美使館新聞處

收文第 331 號

啟者：

貴所訂紙廿令及贈送五令均去渝，盼派員將餘款交來提取為荷。

此致

工商年鑒編輯部

發文第 396 號

經濟部日用必需品管理處鈞鑒：

茲同意售與遂寧涪聲日報社嘉樂改良紙十六令，特撿附該社申請書一紙敬乞核發准購、准運證以憑發售為禱。嘉樂製紙廠股份有限公司重慶分公司束叩，附申請書一紙。

中華民國卅年十二月一日

茲啟者：

前在貴廠訂購嘉樂紙一千令如數收到，已將兩月發票及運費至未見，敝部難以結算。

關於發票及運費等均請分開，中宣部八百令、國際編譯社二

百令為荷。特此函達。此致

嘉樂紙廠重慶分公司李、沈二位先生臺啟。

備註：復請逕向樂山總公司函洽辦理。九・廿三

發文第 97 號

逕啟者：

貴館向敝公司訂購六百令之紙，刻正運到四百令（係每件三令者）。相應函請查照，迅即派員洽提為荷。此致

商務印書館

卅二・十一・一啟

收文第 0007 號

商務印書館總管理處駐渝辦事處

渝 33 字第 14 號

敬啟者：

敝公司向貴廠添購之米報紙三百九十九令，業已向經濟部日用

必需品管理處領到國機字第七九五號准購證及准購通知單一份，用特補奉，至希察存為荷。此致

嘉樂造紙有限公司

重慶分公司商務印書館總管理處駐渝辦事處啟

卅三年一月十二日

圖6　商務印書館准購證和准購通知單

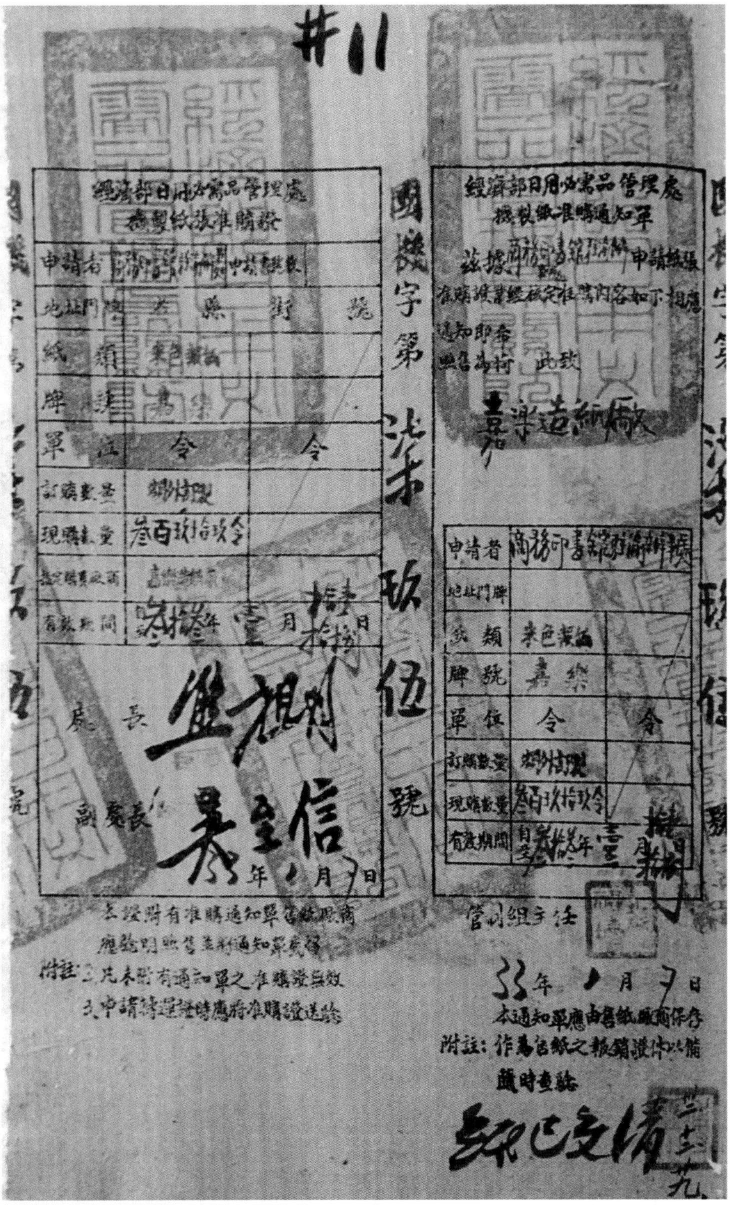
#11

經濟部日用必需品管理處
機製紙張准購證

申請者	
地址門牌	
紙類	
牌號	
單位	令
訂購數量	
現購數量	叁百玖拾玖令
指定購買廠商	
有效期間	

處長

副處長

國機字第柒玖伍號

經濟部日用必需品管理處
機製紙張准購通知單

嘉樂造紙廠

申請者	商務印書館
地址門牌	
紙類	
牌號	嘉樂
單位	令
訂購數量	
現購數量	叁百玖拾玖令
有效期間	

管制組主任

軍政部榮譽軍人月刊社公函

渝（卅二）榮刊字第 0043 號

中華民國三十二年七月十二日

逕啟者：

　　本社印行之榮譽軍人月刊，每月需用嘉樂報紙捌令。近以市面不易購得，除照章向日用必需品管理處申請登記外，相應函請。即希查照按月售給本社是項紙張捌令，以便印行，並祈見復為荷。

二、李劼人與嘉樂紙廠的文化慈善事業

　　實業救國是少年中國會成員的李劼人的人生理想。從經濟基礎做起，以經濟支撐文化事業的發展，李劼人可謂是目光遠大且深謀遠慮。無奈辦廠的艱難是李劼人始料未及的。當抗戰爆發，國家的政治文化中心轉移到大西南之時，李劼人卓越的遠見和抱負在時勢運轉中得以實現，時代的需求使李劼人能夠把實業家和文化人的雙重身份結合起來，能夠切實地踐行自己當初的救國理想和抱負。文化補助金的設置和實施就是李劼人不忘初心的最直接體現。

　　十二年的執著和苦苦堅守，嘉樂紙廠有了蓬勃的發展。1938 年國立武漢大學西遷到樂山時，公司經營略見成效，1939 年，嘉樂製紙廠股份有限公司股東才第一次開始分紅，1940 年公司就設置了「文化補助金」。該項資金是嘉樂紙廠專撥一筆款項用來資助本廠子弟、幫助社會辦學和慈善事業、援助清貧教授、扶持文化團體等等項目，經費不固定，根據公司實際營業狀況和財政支出能力而定。實際上，直至 1944 年嘉樂製紙廠股份有限公司營業才有了盈餘。當公司走上正軌後，李劼人以實業來扶助文化、打造西南文化事業基礎的理想抱負終於有了實現的可能，其文化補助金也就由最初的個案變成了有計劃、有規章的實施項目。公司最初是從盈利中撥出百分之五作為文化補助金接濟大中小學、文化團體、慈善機構以及貧困股東、職工。從 1947 年開始，文化補助金有了固定的資金，不管物價如何飛漲，以基金生息的方式，堅持而持久地分撥給各文化團體和資助單位，讓處於窘境的學校能夠繼續開學、孤兒院能夠多一點學習用紙。

　　在現存的嘉樂紙廠檔案中，關於文化補助金有關的文獻，具體整理出來，分以下幾類：

（一）對於高校的扶持

1. 國立武漢大學

1938年國立武漢大學西遷到四川樂山。抗戰初期，樂山受戰亂影響較小，國立武漢大學豐裕的薪金、安定的環境和完備的教學科研設備吸引了許多學者前來執教，西遷的武漢大學當時是大師雲集：文學院有劉博平、劉永濟、葉聖陶、朱光潛、蘇雪林、唐長孺、陳源等；法學院有周鯁生、燕樹棠、楊端六、劉秉麟等；理學院有查謙、石聲漢、高尚蔭、李國平、桂質廷等；工學院有邵逸周、余熾、余熾昌等知名教授。另外，陳寅恪、錢穆、熊十力等學術大師也曾到此地講學佈道。西遷樂山八年，武大教授數量最少時都沒有下過百人，且個個都是高水平教授，可謂大師雲集，極一時之盛。就連清華大學著名教授曾秉鈞也也不得不承認當時就教師質量而言，清華不如武大。何以如此呢？人傑還需要地靈。

> 抗日戰爭爆發，武大西遷四川，校址選在川西南以大佛聞名於世的樂山城。城雖小，卻得天獨厚，像被岷江、大渡河、青衣江三條玉帶繫著，烏尤山、凌雲山兩枝翡翠嵌著的一顆明珠，景色絕佳。城的形狀呈銳三角，又長又尖的尾端沿著岷江向北伸出，江邊一條公路通向峨嵋和成都，水路則直下重慶、三峽、武漢，交通還算方便。城內市容整齊，商業區綠蔭夾道，相當繁榮，物價低廉。原住人口約三萬五千，與新來的不足二千的武大人相處得很是融洽。1939年夏以前，當重慶、成都等大城市都被敵機騷擾得永無寧日時，這裡從未有敵機光顧，是僅有的好讀書的清靜福地。〔註15〕

這是當年參與把西遷地址選定在樂山的楊端六教授的女兒楊靜遠充滿感情的一段描寫。1939年8月19日以前的樂山正是三江匯合得天獨厚、景色絕佳而又交通便利、安寧繁榮的清靜福地。

曾昭安教授在《武大雜憶》中真實地記載了當時樂山的物價：

> 當武大師生初到樂山時，生活是很安定的。當地日用物品的價格，遠較武漢為低，雞蛋每百個價1元，豬肉每斤價1角5分；當地的名產活江團魚，每斤價2角，餐館進餐每頓1角；有屜桌子每張2元，靠背藤椅每把5角，楠木方凳每個4角，零星雇工每天工資2角。房

〔註15〕楊靜遠編：《讓廬往事——記女作家袁昌英、蘇雪林、凌淑華》，《飛回的孔雀：袁昌英》，北京：人民文學出版社，2002年，第144頁。

租按全年計算，房間有三四間的，每年租費 100 元。〔註 16〕

國立武漢大學於 1930 年 9 月 8 日頒發的《大學教職員待遇規則》，將教師分教授、助教、講師三級，其薪俸分別為：「教授與助教薪俸均分為 9 級，教授月薪為 300～500 元，助教月薪為 100～180 元；講師薪俸依鐘點計算，本科每小時 5 元，通習課程每小時 4 元。」〔註 17〕比照樂山的物價，武漢大學教授依靠他們的薪水在樂山可以過上優渥的生活。

不過這種好日子沒有維持多久。1939 年 8 月 19 日日機轟炸樂山，武大學生宿舍被炸，很多教師的房屋也被炸毀了。隨著戰事的深入，教授們的薪金逐漸減少，再加上物價飛漲，貨幣貶值厲害，平靜的生活完全被打破了，生計成了一個嚴重的問題。大學教授們依靠薪水已經無法維持生活，武漢大學當時應對這種困境，採用發米的辦法：30 歲以上的教職員，每月發米一石；28 歲以上 30 歲以下的教職員，每月發米 8 斗；28 歲以下的教職員發米 6 斗。即便是發米，米也是粗糙米，要做飯還得事先送往碾米廠加工。無可奈何，大學教授們也不得不各找門路來補貼家用：校長王星拱出售自家的花瓶和毛毯來接濟生活，黃方剛教授的美國妻子在街上賣油炸麵包圈，劉永濟教授在城裏一家裱畫鋪裏掛牌代客寫字。儘管如此，生活仍然是捉襟見肘。

樂山八年，由於生活、醫療條件惡劣，不少才華橫溢、學有專長的教授如黃方剛、吳其昌、蕭君絳、郭霖、孫芳等人紛紛被貧病奪去了生命，而學生死亡的就更多了。據不完全統計，從 1938 年 4 月到 1943 年 8 月的五年中，僅有 1700 多人的武漢大學，死亡人數竟在百人以上。這個駭人聽聞的死亡率，使學校公墓不得不一再擴大，甚至被人稱作學生「第八宿舍」（學生宿舍本來只有七個）。

共處於一個小城中，一所大學和一個紙廠之間定然會發生很多交集。在西遷樂山的國立武漢大學學生齊邦媛的筆下，對於嘉樂紙廠生產的紙張做過最美好的描繪：

> 由文廟門前月珥塘石階左首上叮咚街，到府街、紫雲街，走許久才到嘉樂門大街找到嘉樂紙廠的門市部。進門第一眼所見，令我終生難忘，簡直就是樂園中的樂園景象！寬敞的平面櫃上、環繞四壁的木

〔註 16〕曾昭安：《武大雜憶》，政協武漢市委員會文史學習委員會，《武漢文史資料文庫·教育文化》第 4 輯，武漢：武漢出版社，1999 年，第 353 頁。
〔註 17〕國立武漢大學編：《國立武漢大學一覽（民國 24 年度）》，1935 年。

格架上，擺滿了各種雅潔封面的簿子，各種尺寸大小皆有，淺藍、湖綠、蝶粉、鵝黃……厚冊並列，呈現出人生夢中所見的色彩！

那著名於大後方的嘉樂紙有千百種面貌，從書法珍藏的宣紙，到學生用的筆記簿都是藝術品，是由精巧的手，將蛾嵋山系的竹木浸泡在流經嘉定樂山大佛腳下的岷江水製成。一位博物館專家說，數百年後芳香仍在紙上。我何等幸運，由這樣一個起點記憶那住了三年的山城。〔註18〕

當武漢大學師生面臨困境的時候，嘉樂紙廠以多種方式給予了文化補助。首先是資助清貧教授。嘉樂紙廠歸檔 123 號文件〔圖〕很好地反映了當時的狀況。

圖 7　武大教授丁人鯤寫給嘉樂紙廠的感謝信

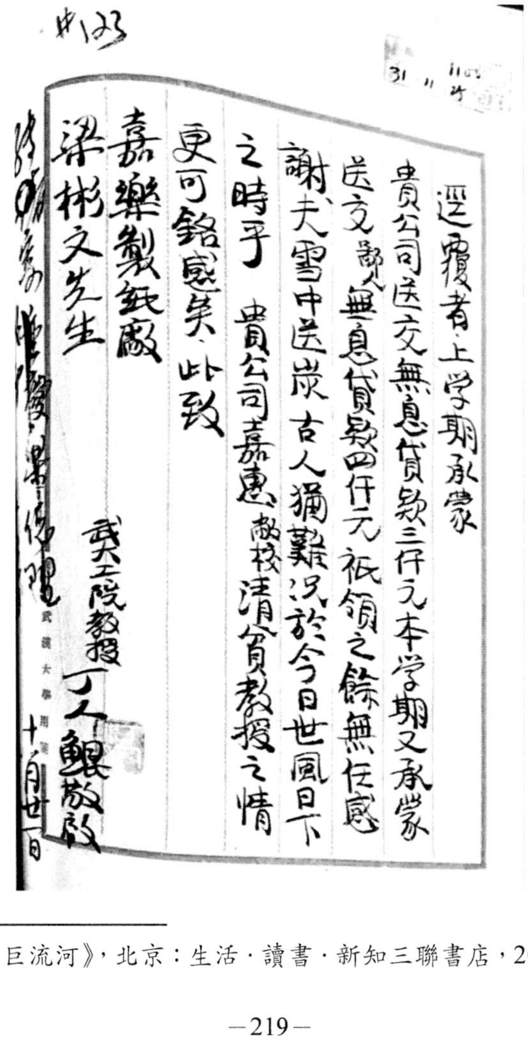

〔註18〕齊邦媛：《巨流河》，北京：生活‧讀書‧新知三聯書店，2012 年，第 243 頁。

嘉樂收文 1100 號

31 年 11 月 25 日

逕復者：

　　上學期承蒙貴公司送交無息貸款三仟元，本學期又承蒙送交鄙人無息貸款四仟元。祇領之餘無任感謝。夫雪中送炭，古人猶難，況今日世風日下之時乎。貴公司嘉惠敝校清貧教授之情，更可銘感矣。此致

　　嘉樂製紙廠梁彬文先生

　　　　　　　　武大工院教授丁人鯤〔註19〕（章）敬啟

　　　　　　　　　　　　　　　　　十一月廿一日

　　這份檔案歸檔日期後人填寫的是 1942 年，不過從嘉樂紙廠的常務董事會議記錄上看來，那個收文日期應該是誤填的，真正的時間是 1944 年。在 1944 年 9 月 13 日，李劼人主持召開了第十一次嘉樂製紙廠股份有限公司常務董事會議。在會上針對於援助武漢大學清貧教授做出了決議：派常務董事張真如與武大當事人商酌進行補助，撥出五、六萬元資助數名教授，每人以三千元為標準，每年致送四次。

　　在 1944 年 11 月 2 日召開的第十五次常務董事會議上，對於援助武漢大學清貧教授辦法做了一些調整：一方面給徐賢恭〔註20〕、葉嶠〔註21〕兩位顧問每月致送輿馬費三千元，一方面給予清貧教授無期無息貸款每人四千元。

〔註19〕丁人鯤（1898～1963），1920 年公費留學美國康奈爾大學和威斯康辛大學，分別獲得土木工程碩士、教學博士學位。1923 年回國後任上海交通大學體育主任（曾獲遠東國際運動會男子網球單打亞軍），歷任唐山交通大學、浙江大學、湖南大學、武漢大學教授。

〔註20〕徐賢恭（1900～？）安徽懷寧人。1930 年 9 月任國立武漢大學化學系助教。後赴英國留學，1936 年獲英國倫敦大學化學博士學位。1937 年 8 月回國，任國立武漢大學理學院化學系教授，主講高等有機化學、有機分析及有機實驗、普通化學、理論有機化學等課程。1939 年至 1945 年 7 月，兼任國立武漢大學總務長，在極端艱難困苦的條件下，協助王星拱校長在樂山堅持辦學，為師生添置圖書儀器設備，籌糧籌款，修建校舍，防止疾病等。

〔註21〕葉嶠（1900～1990）教授。浙江永嘉人。1924 年畢業於北京大學化學系。1929 年獲德國柏林大學理學博士學位。回國後，曾任中央大學教授，北平大學教授、化學系主任，武漢大學教授、化學系主任、理學院院長。1932 年參加籌建中國化學會。建國後，歷任武漢大學教授、化學系主任，湖北省化學化工學會、武漢市化學化工學會副理事長。中國民主建國會會員。

張真如董事到樂山後，與武漢大學校方經過多次商洽，敲定了 12 名補助人選名單：三名數學教授（曾昭安〔註22〕、李華宗〔註23〕、李國平〔註24〕），兩名文學教授（徐天閔〔註25〕、陳登恪〔註26〕），兩名植物學教授（孫祥鍾〔註27〕、

〔註22〕 曾昭安（1892～1978），江西吉水人。武漢大學教授、現代數學家、數學教育家，我國頗有影響的數學史和曆算專家，也是中國數學會的創建人之一。還先後擔任過武漢大學教務長、理學院院長、圖書館館長和招生工作負責人等職務，在武漢大學任教 50 年，同時擔任中國數學學會理事，武漢市數學學會理事長、主席，武漢科聯副主席，中華全國自然科學專門學會聯合會常務委員。通曉英、法、德、日等國文字，長於數學、物理、天文，對中國古代數學史、古代天文學、太陽系天體力學和中國曆法造詣亦深。

〔註23〕 李華宗（1911～1949），祖籍廣東新會縣人。1935 年，考取中英庚款公費到英國愛丁堡大學攻微分幾何，1937 年獲博士學位，1937～1938 年在法國巴黎大學學習。1942 年 9 月，李華宗任國立武漢大學數學系教授，並從 1944 年起受中央研究院之聘，任該院數學研究所籌備處的兼任研究員，成為當時該數學所的八位兼任研究員之一。1946 年秋應陳省身的邀請，赴上海任中央研究院數學研究所籌備處研究員。是中國現代數學的開拓者之一，畢生從事教學和科研工作，為我國現代數學的發展做出了重要貢獻。去世時僅 38 歲。

〔註24〕 李國平（1910～1996），數學家，中國科學院數學物理學部委員（院士）。1939 年法國歸來後歷任四川大學數學系教授，武漢大學數學系教授、系主任、副校長、校務委員會副主任、數學研究所所長，中國科學院數學計算技術研究所所長，中國科學院武漢數學物理研究所所長等職，1955 年當選為中國科學院學部委員。

〔註25〕 徐天閔（1888～1957），著名古典文學研究專家、詩人。三十年代中期，因同鄉兼同學的王星拱（籌建國立武漢大學，時任武漢大學化學系首任系主任、校長）之邀，受聘於武大中文系，由講師、副教授、教授順級而上，被列為武大中文系「五老八中」之一（劉永濟、劉博平、徐天閔、陳登恪（徐逝世後由陳替補）、席魯思、黃焯；程千帆、沈祖棻、劉綬松、胡國瑞、李健章、周大璞、李格非、張永安、繆琨等）。當年武漢大學中文系劉永濟先生的詞、徐天閔先生的詩最為時人推崇。抗日戰爭勝利後，執教於國立安徽大學。1949 年初再度回武漢大學。1957 年春末夏初病逝。

〔註26〕 陳登恪（1897～1974），江西修水人，著名古典文學研究專家，武漢大學「五老」之一。詩人陳三立第八子，陳寅恪之弟。1919 年畢業後前往法國巴黎留學。1928 年，聞一多出任武大文學院院長，陳登恪受聘任武漢大學外文系法語教授，後任系主任。

〔註27〕 孫祥鍾（1908～？），教授。安徽桐城人。1933 年畢業於武漢大學生物系。1936 年赴英國專攻植物分類學和植物園藝學。次年加入英國愛丁堡皇家園藝學會，為終身會員。1939 年回國，曾任武漢大學教授。建國後，歷任武漢大學教授、生物系主任、教務長，中國科學院武漢植物研究所所長，中國植物學會第五、六屆常務理事。

鍾心煊〔註 28〕），一名生物教授（章蘊胎〔註 29〕），一名土木工程教授（丁人
鯤），一名政治學教授（楊東蓴〔註 30〕），一名史學教授（楊人楩〔註 31〕），一
名化學教授（陳鼎銘〔註 32〕）。這其中有武漢大學鼎鼎有名的五老七賢中的徐
天閔、陳登恪，另外還有各個學科的帶頭人。在張真如董事的信中，得知丁人
鯤信中的 1944 年春嘉樂公司貸款三千應該有八位教授，並且 11 月又將貸款
四千，八位教授應該一年獲得了七千元的無息貸款，新增加四位每人四千元的
無息貸款，嘉樂公司撥付給武漢大學清貧教授的文化補助費應該就有八萬四
千元，超過了當初所預定的總額。

　　11 月 11 日，張真如在回覆嘉樂製紙廠股份有限公司樂山分公司的信件中
詳細陳述了此次事務辦理情況，並希望眾在樂董事盡快促成此事：

　　　逕復者：

　　　　頃接樂山分公司交來董事會致分公司函一件，附還並希飭送諸

〔註 28〕鍾心煊（1892～1961）江西南昌人。1913 年赴美留學，在伊利諾大學、哈佛
　　　　大學專攻植物學，獲碩士學位。其畢業論文《中國木本植物名錄》是中國早期
　　　　植物學重要文獻之一。1920 年學成回國，在南開大學、廈門大學任教授。1931
　　　　年 10 月到國立武漢大學生物系任教授。1933 年 8 月 20 日，中國植物學會在
　　　　重慶北碚中國西部科學院召開成立大會，鍾是 19 位發起創辦者之一，被會議
　　　　推選為學會評議員和新創辦的《中國植物學雜誌》編輯員，其後擔任該會武漢
　　　　分會主席。
〔註 29〕章蘊胎（1897～1977）字盈五，安徽東至人。民國十年（1921）赴法勤工儉學，
　　　　四年後畢業於巴黎大學生物系。十八年（1929）獲法國國家理科博士學位。後
　　　　回國，任北京師範大學等校教授。二十一年（1932）任武漢大學教授，二十七
　　　　年（1938）隨校遷居樂山。抗日戰爭勝利後隨校遷返武昌。有《麒麟考》、《鳳
　　　　凰考》等。
〔註 30〕楊東蓴（1900～1979）湖南醴陵人，原名楊人杞。早年入北京大學讀書，後赴
　　　　日本研究唯物論，翻譯了恩格斯、摩爾根等的著作。1930 回國後曾任中山大
　　　　學教授、廣西師範專科學校校長。1942 年後歷任武漢大學、四川大學、華西
　　　　大學、廈門大學等教授，香港達德學院代理院長，香港大公報社顧問等。新中
　　　　國成立後，曾任中國民主促進會中央秘書長、副主席，中南軍政委員會委員，
　　　　中南行政委員會委員，廣西大學校長，武漢華中師範學院院長，中華人民共和
　　　　國國務院副秘書長，中央文史研究館館長等職。
〔註 31〕楊人楩（1903～1973）世界史學家，湖南醴陵人。畢業於北京師範大學英語
　　　　系，1934 年入牛津大學奧里爾學院留學，攻讀法國史，獲學士學位。回國後
　　　　歷任四川大學、西北聯大、武漢大學歷史系教授。1946 年起在北京大學歷史
　　　　系任教授，直至 1973 年病逝。
〔註 32〕陳鼎銘，別號象岩，湖北漢川人。曾任國立武昌高師、武昌大學、武漢大學化
　　　　學系教授。

董事詧閱。援助武漢大學教授生活一事,自經常務董事會議決,囑余來樂與武大當局商酌後進行。後鄙人到此,曾屢與校方商洽並迭報常務董事會在案。茲據董事會致分公司函,除於徐賢恭、葉嶠兩顧問,決定自本月起改換聘書略增輿馬,並決定對於無期無息貸款諸先生每人所貸之數可增為四千元外。關於貸款人選,仍囑鄙人按照所擬商同在樂諸董事斟酌辦理云,茲特將余屢次與校方所商結果曾先後報告常務董事會略述如左:

一、原有徐賢恭、葉嶠兩技術顧問自三十三年十一月份起改換聘書,每月輿馬費增為三千元,俾與其他公司行號所致顧問輿資略近;

二、此次擬予貸款者共十二人,即為(甲)今春曾借,茲復須借予者為曾昭安、丁人鯤、楊東蓴、徐天閔、鍾心煊、陳登恪、陳鼎銘、孫祥鍾等八位;(乙)前次未借,今擬借貸者為章蘊胎(生物教授)、李國平(數學教授)、李華宗(數學教授)、楊人楩(史學教授)等四位。

接奉前函,合函陳述如上,即希貴分公司將此連同董事會致分公司函匯案飭送在樂諸董事詧閱並徵求同意,早日實行。隨將名冊暨致送或貸予數目與日期詳為列表報告董事會為荷。此致

樂山分公司

常務董事張真如(章)復

十一月十一日

附還董事會致分公司原函一件。

章先生住斑竹灣,可交鍾心煊轉;楊人楩先生住實驗區巷內;李華宗先生住三育學校側武大教員宿舍;李國平先生住演武街五十號;楊東蓴先生住斑竹灣,可交楊人楩轉。

圖 8　武大清貧教授致送方式和地址

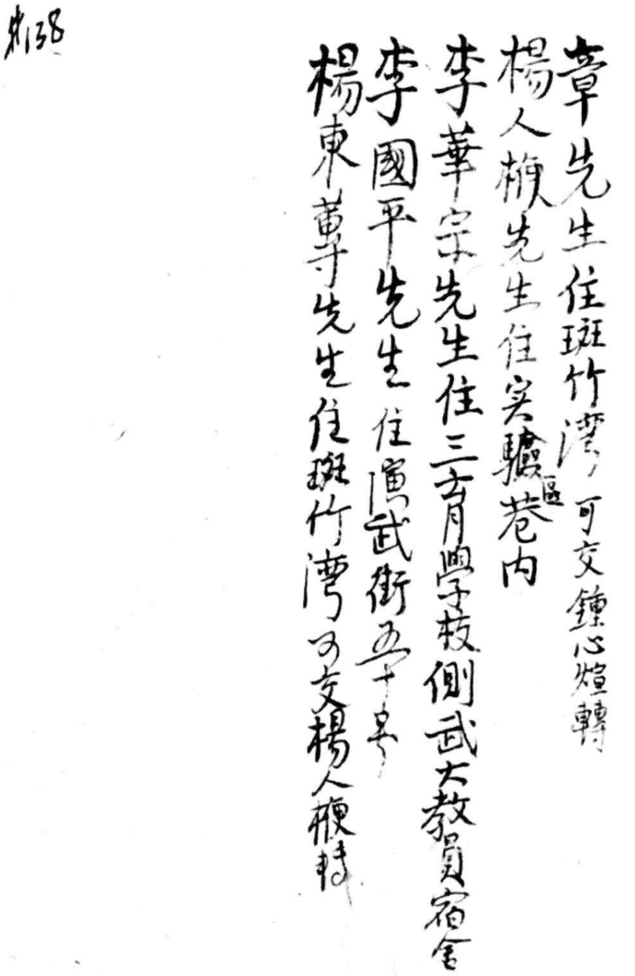

章先生住斑竹灣可文鍾心煌轉
楊人楩先生住吳驥巷內
李華宗先生住三育學校側武大教員宿舍
李國平先生住嵩武街五十號
楊東蓴先生住斑竹灣可文楊人楩轉

這筆款項很快就撥到了清貧教授頭上，11 月 21 日丁人鯤教授就寫信致謝，而嘉樂紙廠在 11 月 25 日也收文歸檔了，可見嘉樂紙廠對於清貧教授的資助是多麼得迅捷（嘉樂紙廠歸檔 123 號文件〔圖〕）：

收文第 130 號

原件日期 33 年 11 月 25 日

寄到日期 33 年 11 月 25 日

嘉樂製紙廠股份有限公司用箋

總字第 256 號第全頁

逕啟者：

頃接武大工學院教授丁人鯤來函伸謝，合將原函轉寄，查收、存查為荷！此致

董事會

嘉樂製紙廠股份有限公司（印）梁彬文（章）啟

附丁教授函一件

中華民國卅三年十一月廿五日

圖 9　嘉樂製紙廠收文歸檔

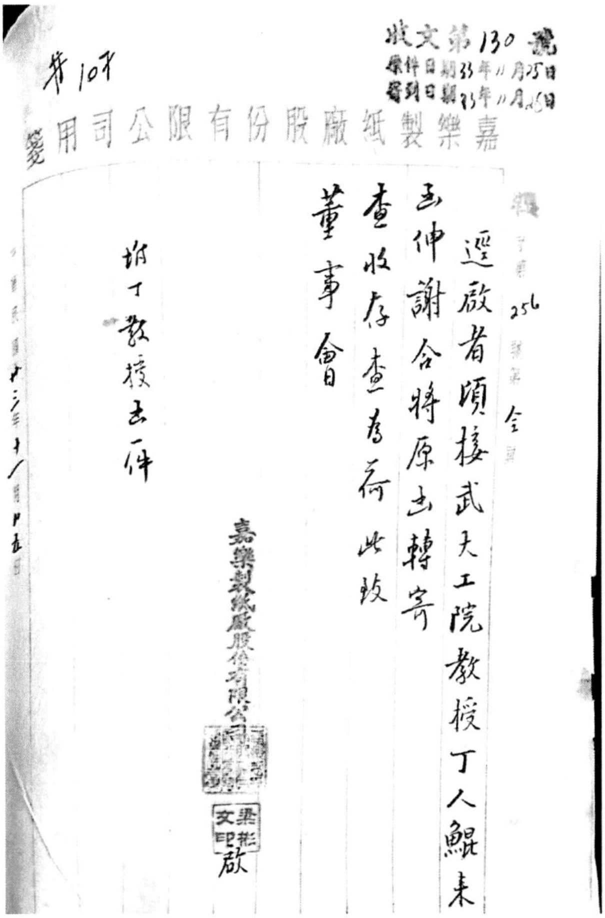
收文第130號
嘉樂製紙廠股份有限公司用箋
逕啟者頃接武大工院教授丁人鯤來函伸謝合將原函轉寄查收存查為荷此致
董事會
附丁教授函一件
嘉樂製紙廠股份有限公司
梁彬文印
啟

其次是給予體弱教授補助醫療費。

1945 年 6 月 29 日的第二十四次常務董事會議上，嘉樂公司決定給予陳登恪、萬卓恒、汪詒蓀、張挺四位教授貸予醫療費各一萬元，武大教授在嘉樂公司的顧問徐賢恭、葉嶠兩先生輿馬費從七月份開始每月各增為五千元。

另外，嘉樂製紙股份有限公司還捐贈了黃方剛獎學金。

　　哈佛大學哲學博士黃方剛教授係黃炎培長子，同樣陷入貧困飢寒。為了生計，黃方剛的美國妻子微華蘭自做油炸麵包圈當街叫賣。1944年黃方剛不幸又染上肺病，辭世時年僅44歲。

　　黃方剛教授去世後，嘉樂紙廠撥出一萬元作為黃方剛先生獎學基金捐贈給國立武漢大學，一是紀念英年早逝的清貧教授，一是獎勵積極向學的貧困學生。1944年武漢大學設置獎學金獎勵學生，每人三千元。

2. 國立同濟大學

　　國立同濟大學在「八一三」後，西遷到昆明，1940年又遷到四川宜賓的李莊。嘉樂紙廠也曾給予過同濟大學理學院以文化補助。

圖10　謝蒼璃致李劼人函1

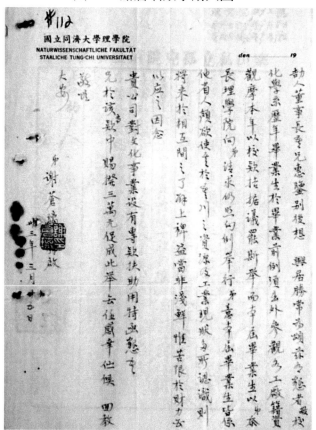

國立同濟大學理學院

劼人董事長吾兄惠鑒：

　　別後想興居勝常為頌。茲為懇者，敝校化學系歷年畢業生於畢

業前例須出外參觀各工廠，籍資觀摩。本年以校款拮据議罷斯舉。而本屆畢業生以弟忝長理學院，向弟請求仍照向例舉行。弟意本屆畢業生皆係他省人，頗欲使其於吾川之資源及工業現狀多所認識，則將來於相互間之瞭解上，裨益當非淺鮮。惟苦限於財力無以應之。因念貴公司對文化事業設有專款扶助用，特函懇吾兄於該專款中賜撥三萬元促成此舉，無任感幸！佇候回教！敬頌大安！

弟謝蒼璃〔註33〕（章）拜啟

卅三年三月廿五日

圖11　謝蒼璃致李劼人函2

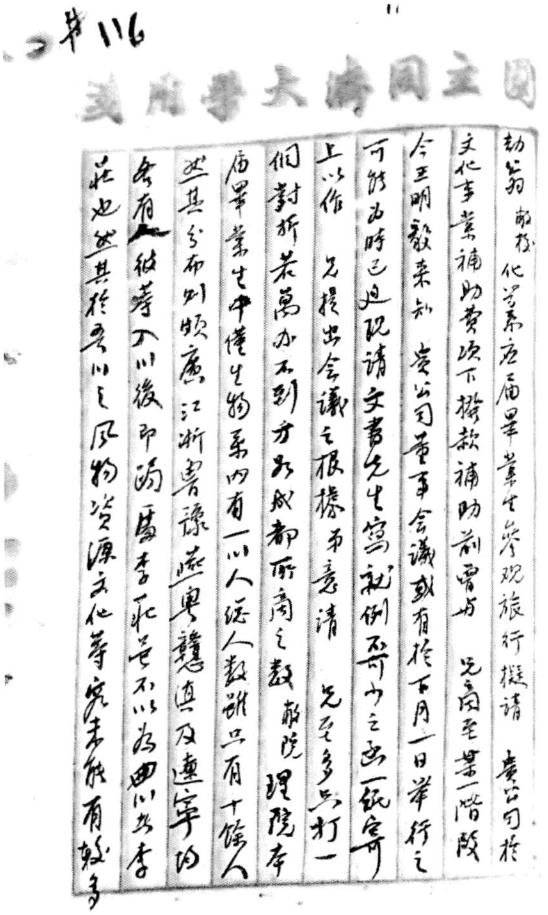

—227—

〔註33〕謝蒼璃（1896～？），重慶璧山人，在早期考入同濟大學並赴德國留學攻讀數學，獲博士學位。回國後先後在四川大學、同濟大學、重慶大學、重慶教育學院等高校任教。時任同濟大學理學院院長。

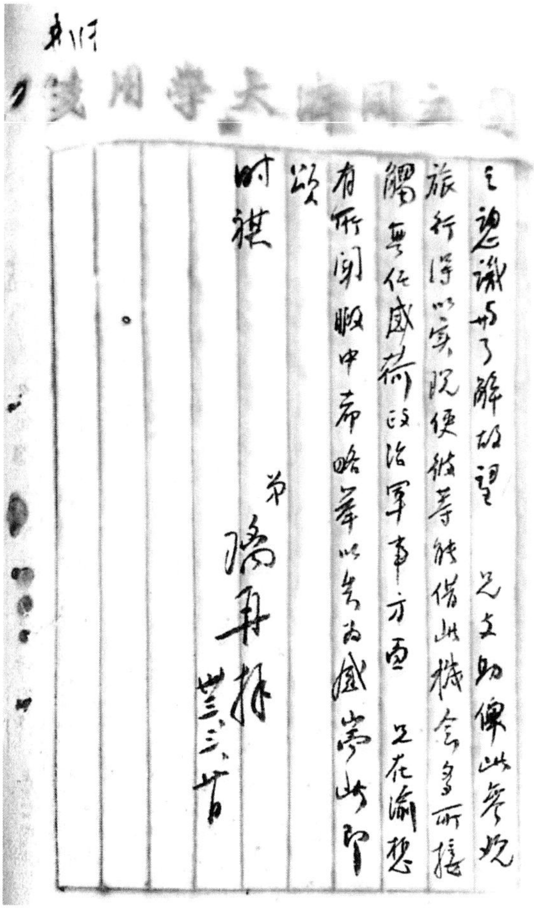
國立同濟大學用箋
之認識與了解故望 兄支助俾此參觀
旅行得以實現使彼等能藉此機會多所接
觸無任感荷政治軍事方面 兄在渝想
有所聞暇中希略筆以告為感為此即
頌
時祺
弟 瑞冉 拜
卅三、廿

國立同濟大學用箋

劼翁：

敝校化學系應屆畢業生參觀旅行，擬請貴公司於文化事業補助費項下撥款補助。前曾與兄函至某一階段，今王明毅來，知貴公司董事會議或有於下月一日舉行之可能，為時已迫，現請文書先生寫就，例不可少之。函一紙寄上，以作兄提出會議之根據。弟意請兄至多只打一個對折。若萬辦不到，方如成都所商之數。敝院理院本屆畢業生中僅生物系內有一川人，總人數雖只有十餘人，然其分布則頗廣，江、浙、魯、豫、燕、粵、贛、滇及遼寧，均各有人。彼等入川後，即跼處李莊。雖不以為四川者，李莊也，然其於吾川之風物、資源、文化等，究未能有較多之認識與瞭解。故望兄支助俾。此參觀旅行得以實現，使彼等能藉此機會多所接觸，無任感荷！政

治、軍事方面，兄在渝想有所聞，暇中希略舉以告為感。耑此，即頌時祺！

弟璃再拜

卅三・三・廿日

以上是國立同濟大學理學院院長謝蒼璃寫給李劼人的私人信件。從信中可以看出，謝蒼璃已經與李劼人就文化補助金項下撥款資助理學院學生畢業考察一事有過磋商。

李劼人與謝蒼璃是舊識，畢業於德國哥庭根大學數學系的謝蒼璃曾經執教於國立成都大學，與嘉樂紙廠的董事魏時珍曾是德國同學、成都大學同事。李劼人修建菱窠的地產就是謝蒼璃賣給他的。信中提到的王明毅就是嘉樂紙廠發起人之一的王懷仲的兒子。

國立同濟大學理學院

今收到嘉樂製紙廠股份有限公司惠贈同濟大學理學院化學系參觀旅行費國幣壹萬元整。

謝蒼璃（章）收據

卅三・七月・五日

這是嘉樂紙廠現存檔案中保存的謝蒼璃的收據，證明了嘉樂製紙廠股份有限公司捐贈了一萬元給同濟大學化學系作為畢業生的考察費用。

3. 私立川康農工學院

1939 年冬天蔣介石邀請魏時珍[註34]去重慶會晤，本來想勸魏時珍回到川大繼續任教，後來商議請魏時珍主持川康建設學院的籌建工作。川康農工學院就是這次會面之後的結果——以私立名義成立，辦學經費由軍委會兵工署撥付，學院設置國防化學專業，聘請張群、鄧錫侯、劉文輝、魏時珍等十三位川康軍政領導和社會名流為董事，組成董事會。張群任董事長，魏時珍任院長。1940 年川康農工學院正式錄取新生入校。學院設有應用化學、農業墾殖、工商管理三系。1947 年，學院更名為成都理學院，保留化學系，增

〔註34〕魏嗣鑾（1895～1992），字時珍，蓬安縣人。1925 年獲哥廷根大學博士學位。返國後在上海同濟大學任教授，後回成都任成都大學、四川大學教授。1935 年中國數學會成立，被選為理事並任雜誌編委會委員。1938 年與朱光潛等反對程天放任四川大學校長，後憤然辭去四川大學理學院院長。創辦川康農工學院，成立國立成都理學院，任院長。最早把相對論介紹到中國。與李劼人是中學同學，其妻何書芬是何魯之的妹妹，與李劼人是表親。

設數學、物理兩系。農藝系學生轉入川大農學院，工商管理系學生轉入重慶大學工商學院。該院八載辦學，為國家戰時之需培養出一批優秀的應用科技人才。

1944 年，國內局勢發生很大變化，原先所撥經費大受影響，無法維持基本開支，院長魏時珍發函請求嘉樂紙廠的文化補助金資助。

敬啟者查，本院成立以還，行將四載，幸蒙社會各界人士之援助提挈，茲已規模粗具，奠立相當基礎。而全院師生亦皆兢兢業業，勤勉教學，甚堪告慰。惟以歷史過短，經費支絀，設備殊欠完善，尚不足以符社會人士之殷望與時代之需要，欲求充實設備，閎其規模，猶有賴於自身之努力與社會人士之繼續扶助。素仰貴廠倡導文化，不遺餘力，於每年瀛餘項下並有文化補助費之設用，敢不揣冒昧，擬懇就上年文化補助費項下酌撥款項，以補本院添置設備之需，解囊助學。諒荷同意。如蒙慨允，感且無既。特此函達。即請察照俯允，並希賜復為荷。

此致

嘉樂紙廠

院長　魏嗣鑾

中華民國三十三年三月

針對川康農工學院的資助請求，嘉樂紙廠很快做出了回覆：

函稿 程經理雲集囑辦 董字第 12 號 繕發

逕復者：前奉貴院函稿字第 81 號公函 悉查，敝公司雖為扶助文化撥有專款，但為數有限，茲經本屆董事會決議，謹撥國幣貳萬元整以助貴院增益設備之需，務祈哂收，賜據為禱。此致

川康農工學院院長

附錄

董事會章

董事長　李劼人

川康農工學院很快收到捐贈款並送上了收據（圖）。

圖 12　魏嗣鑾寫給嘉樂紙廠的收據函

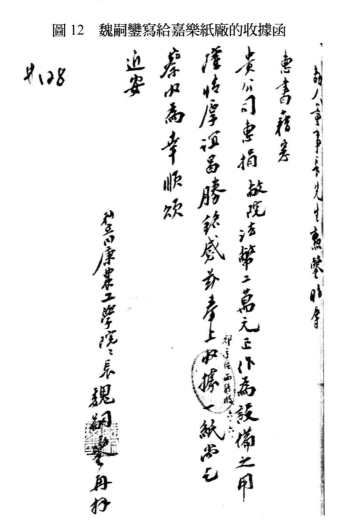

劼人董事長先生勳鑒：

　　昨辱惠書，籍悉貴公司惠捐敝院法幣二萬元正，作為設備之用。
隆情厚誼，曷勝銘感。茲奉上收據一紙（鄭主任雨龍收。六‧六），
尚乞察收為幸。順頌近安！

私立川康農工學院院長魏嗣鑾（章）再拜

（二）對於川內多所中小學的補助

　　相對於高等學院的資助的不固定，嘉樂紙廠對於中小學的資助相對來說
比較固定。在嘉樂公司的文化補助金項下，文化補助金的分配有兩種：一種是
投資嘉樂公司的，一種是一般資助者。投資給嘉樂公司的，主要有樹德中學、
醇化中學和敬業中學三所。

1. 樹德中學

樹德中學是抗日名將孫震所辦的一所聲譽卓著的學校。1932 年 8 月，孫震在創辦了四所樹德小學後，為進一步實現他興辦教育，為社會多育人才的夙願，遂將其成都近郊的良田四百多畝以及現金數萬元存入聚興誠銀行作為基金興辦樹德中學，之後又以銀圓四十萬元作為樹德中學基金，投資嘉樂紙廠，年收股息作樹德中學經常費。放入銀行的銀圓因法幣貶值而近乎化為烏有，而投資於嘉樂紙廠卻獲得了豐厚的回報。

> 成都私立樹德中學公函
>
> 敬啟者：
>
> 　　數年前敝校校董會，以大量基金，投入貴公司，原係以其息金所入，作為經常費開支。近年以來，每月在貴公司息借一萬五千元，曾蒙允許，按月照借在案。惟現在物價高漲，敝校開支浩繁，原借數目太微，無濟於事。從本年八月份起，擬請每月借用三萬元，以濟急需。特函奉達，務希惠允。此致
>
> 嘉樂紙廠董事長李
>
> 校長吳照華
>
> 中華民國三十三年八月十七日

「樹德中學董事會」入股嘉樂製紙股份有限公司的時間是在 1940 年，彼時正是嘉樂製紙股份有限公司發展的黃金時期。這一年，樹德中學董事會名下股份為 1 600 股。後來多次增股投資，及至 1942 年 12 月 31 日的股東名簿中，樹德中學董事會的股份為 12 200 股，彼時嘉樂製紙股份有限公司的總股額也不過 100 000 股。

在 1941 年，孫震又以其母申太夫人之名在樹德中學設置了「申太夫人獎學金」：每期高中四十元，初中三十元。凡學業、操行、體育成績均為甲等者，可獲甲等獎學金，一直讀到大學畢業；如果獲准乙等獎學金者，只限一個學期，下期可以繼續申請；若中途成績下降，有主科一科不及格者，即停止發給。〔註35〕與「樹德中學董事會」一樣，「申太夫人獎學金」以基金的方式投資於嘉樂製紙股份有限公司，以股息作為經費。從 1941 年入股到 1942 年 12 月 31 日的股東登記，「申太夫人獎學金」的股份從 600 股、900 股到最

〔註35〕成都市政協文史學習委員會編，成都文史資料選編：《教科文衛卷‧科教藝苑》（上卷），成都：四川人民出版社，2007 年，第 123 頁。

後的 1,800 股,數額增長幅度也是很大的。

吳照華校長的信函中提到嘉樂紙廠在 1944 年 8 月 17 日以前,每月在嘉樂
紙廠息借一萬五千元。隨著法幣的貶值,一萬五千元明顯不能支付樹德中學的
日常費用,於是提出申請增長為每月借支三萬元。即便如此,也難於應付飛漲
的物價。嘉樂紙廠也在隨著幣值的變化而調整對於樹德中學的資助辦法和額度:

1944 年撥款二十萬元;

1946 年 3 月到 1947 年 2 月,准予樹德中學每月向嘉樂紙廠借支三十萬
元,全年三百六十萬元;

1947 年 8 月起,每月付五十萬元,全年補助六百萬元;

1948,每月助樹德中學三百萬元,全年應為三千六百萬元;

1949 年 4 月份,每月補助樹德中學嘉樂紙八令。

以上數據都來自於嘉樂紙廠董事會記錄,記錄中沒有提到 1945 年,不過
在檔案中存有樹德中學這樣一封信函:

收文第 197 號

原件日期 34 年 4 月 10 日

寄到日期 34 年 4 月 26 日

成都私立樹德中學公函　　校乙字第四號

事由:為函請就文化補助金項下撥助三十萬元以資設備由

敬啟者:

敝校近年來因受物價高漲之壓迫,經常臨時費用均感拮据。曾
於上年度函請貴公司就文化補習〔註36〕金項下賜助法幣二十萬元以
資設備。曾蒙惠允,照辦在案,無任感激。本年度物價益高,開支
更鉅,現需添置顯微鏡一部、理化儀器數種,以供學生實驗。而市
價奇昂,無力購備。素仰貴公司扶助文化事業不遺餘力,擬懇援上
年例,在文化補助費項下撥助三十萬元,以供充實設備之用。是否
有當?敬候核議施行。

　　此致

嘉樂製紙公司董事會

董事長:孫德操(章)

校長:吳照華(章)

〔註36〕注:原文如此,應為「助」,即文化補助金而不是文化補習金。

　　檔案清楚表明，嘉樂紙廠1944年的文化補助金二十萬元是到位了的，而1945年又捐助了三十萬元給予樹德中學購買教學設備顯微鏡。

2. 私立醇化中學

　　武勝縣私立醇化中學1940年創辦。經過各地募捐，共收現金十餘萬元，入股嘉樂紙廠。但此金額僅及立案定額基金的半數。董事長陳嘯嵐及眾董事捐贈田產約值十餘萬元。這樣，連同募捐已入嘉樂紙廠的股票，籌夠基金三十萬元。符合立案條件，董事長陳嘯嵐即託其弟陳曉嵐（民豐、嘉樂兩紙廠廠長）與教育廳長郭有守斡旋，直到1942年春季將股票、田產文契呈交省教育廳核准始得立案。

收文第180號

原件日期

寄到日期34年4月20日

事由：為函請惠撥文化事業補助金以宏教育一案，請煩查照見復由

私立醇化中學校董會公函　總字第　　號

敬啟者：

　　敝校創辦迄今三載有奇。前蒙貴公司以文化事業關聯教育，慨允投資，曾將學校基金投入部分，數年以來，深荷惠助，惟本校近以擴充書圖儀器，經費不敷，仍請援照成例，在三十三年度紅利項下之文化事業補助費內，撥款補助，俾得添置儀器圖書，莘莘學子，獲益深造；教育前途實勝慶幸，相應函達貴公司煩為查照惠助。實深感禱！並盼見復為荷！此致

嘉樂製紙股份有限公司

董事長陳嘯嵐（章）

致醇化、敬業兩中學

秘字四〇〇號

四月二十四日

逕啟者：

　　敝公司三十四年度文化事業補助費項下應補助貴校之數，經本年三月六日第六屆首次董事會議決定，除補助貴校國幣（醇化）二十三萬元，（敬業）一萬三千元外，並准自三十五年三月一日起迄三十六年二月底止，每月可向敝公司借支國幣（醇化）七萬元，（敬業）

一萬元，隨市認息歸還。但如幣制與幣值有變時，當另行洽辦。相應函達，即希查照持據逕向敝公司領取為荷。

此致

醇化中學

敬業中學

（嘉樂公司董事會董事長街）

對於這樣的股東學校，嘉樂公司向來是不吝援助的。在物價飛漲時期，嘉樂公司額外還允許學校借貸，誠如醇化中學信中所言——嘉惠學子、扶掖文化，誠非淺鮮。

收文第 289 號

原件日期 35 年 4 月 2 日

寄到日期 35 年 4 月 12 日

民國三十五年四月

逕啟者：

查私立醇化中學自開辦迄今已達六載，規模粗具，學生人數發達，先後畢業學生達二百名以上。奈經費艱窘，辦理困難，欲求充實，苦力不勝。欣惟貴廠年有社會文化事業獎助金之設置，比年以來屢蒙獎助，使該校得稍有進展。嘉惠學子、扶掖文化，誠非淺鮮。茲值貴廠董事大會召開年會之際，敬謹函達，請予援例補助，俾便進行，曷勝感禱！

此致

嘉樂造紙廠董事長李

董事長陳嘯嵐

在 1945 年 4 月 26 日召開的首屆董監聯席會議上，決定給予醇化中學十萬元的法幣補助；在 1946 年的首次董事會上，允許醇化中學按照資助比例借貸；在 1947 年的第 39 次常務董事會上，議決從 1947 年 8 月起全年撥助文化補助金三百六十萬元；1948 年每月補助醇化中學四令嘉樂紙。

3. 私立敬業中學

私立敬業中學由青年黨創辦。董事長曾琦、校長魏時珍、李璜都是李劼人的老友。

私立敬業中學公函

民國三十四年三月二十四日

事由：為函請惠助本校添購圖書款項目

逕啟者：

敝校現擬添置圖書以供參考，惟慚經費有限，購置維艱，徒增望洋興歎之感。素仰貴公司熱心教育，早播風聲。擬懇惠助數萬元以作敝校添購圖書之用。如荷玉成，至深銘感，相應函達，即希查照，並盼賜復為荷。此致

嘉樂製紙公司

校長魏時珍（章）

作為嘉樂製紙廠股份有限公司的股東學校，1945 年撥付了六萬元的文化補助金；1946 年允許按照補助額度借貸；1947 年補助了三百四十萬元；1948 年每月補助二令嘉樂紙。

4. 樂山私立兌陽小學

樂山私立兌陽小學是由樂山幾個社會賢達創辦的，縣參議會參議員王資軍為董事長，後謝勖哉接任。

嘉廠收文 1022 號 33 年 9 月 15 日

樂山私立兌陽小學用箋

敬啟者：

敝校前次籌募基金曾送上捐冊一份，請代勸募。茲值本期開學伊始，基金數字急待統計用。特函達，即希將前項捐冊迅予擲還為荷！此致

李劼人先生

樂山私立兌陽小學啟

九月十二日

私立樂山兌陽小學校董會公函（印章）

卅五年十一月

逕啟者：

案准貴廠惠函示知，承蒙慷慨捐贈，准在文化補助費項下劃撥法幣陸萬元擲交敝會，以作補助兌陽小學經費。高誼隆情，無任銘感，除一面登報鳴謝外，謹備收據送陳。敬祈照撥，用成義舉。為此相應函達貴廠，煩請查找為盼。此致

嘉樂紙廠

董事長謝勖哉（章）

副董事長曹璧琨（章）

常務董事楊方城（章）

嘉樂製紙公司董事會稿

37 董秘事第 28 號

37 年 7 月 5 日

勖哉、德培、方城、震東諸兄惠鑒：

　　七月一日臺函奉悉，藉知兄小本期經費困難，甚以為念。茲已遵照所示，將敝公司按月補助之數於本月份內破例一次撥付國幣一千萬元，即請轉知校中執事，具條向敝樂分公司取用，並希勿為洩露，以免應付困難也。端復順候大安！

　　頃專函樂分公司照撥並停止按月支付。但如六月份之數字，貴校業已取用，則請在一千萬元中扣除，以便登帳。又及。

弟李劼人頓首

董秘事字第 21 號（章）

　　查本公司自六月份起，按月補助樂山私立兌陽小學國幣八十萬元，應即停付。茲據該校校董來函，因本年上期經費不敷七千餘萬元，情形屬實，特破例准如所請，於本月份內一次撥助國幣一千萬元，並已致函樂處辦理。特此知照會計課。

董事長李劼人

中華民國 37 年 7 月 5 日

5. 私立成公中學

私立成公中學在 20 年代由夏斧私〔註37〕等私人創辦。

〔註37〕夏峋（1883～1954），又名夏斧私，民國時期教育家，創辦私立成公中學。1930
　　　年 3 月 4 日的成都《報報》上曾刊載了一則軼事《五教授大吃夏斧私》：「前
　　　月廿一日，為成都公學開校之日，當國旗飄揚於校門之上，學子致敬於禮堂之
　　　中時，校鄰某大學之註冊部內，吳君毅與張重民兩教授方聚而相告白：『聞「成
　　　公」今日開校，夏校長宴客之席，係小王（名廚，見本報第十八期成都一百名
　　　人表）所製，吾儕曷作不速之客，入門大嚼乎？』計議甫定，即相率出室，且
　　　談且行，至校門，適胡少襄、謝蒼璃、李劼人教授又至，乃亦加入。同至『成

收文第 472 號

原件日期 36 年 7 月 10 日

寄到日期 36 年 7 月 10 日

事由：函請援例補助即希裁奪、賜復由

　　　私立成公中學公函　成文 26　民國三十六年七月十日（印）

逕啟者：

　　近聞貴公司為扶持文化事業起見，曾有補助文化金之設置，省垣各私立學校多因此承受補助者，足徵貴公司關懷文化，獨具苦心，毅力熱情，昌盛欽佩！竊念本校創辦迄今，歷時二十有餘載。辱承代收各費，亦已瞬閱數年。彼此交往之誼既久，則一切經濟情形，當亦諒蒙深悉，不識尚合於貴公司之規定否？倘承關注，允予一體補助，則全校員生均拜惠無窮矣。相應函達，即希裁奪、賜復為荷！

此致

　　嘉樂製紙公司

　　　　　　　　　　　　　　　　校長仇同甫（章）

　　批註：送董事長核復。七‧十集（程雲集）

　　1947 年嘉樂紙廠的文化補助金果然按照成公中學的需求，分配了六十萬的資金撥付給該校。

事由：遵囑據領本年一月份補助費陸拾萬圓函請查照由

附件：如文

私立成公中學公函

民國三十七年一月成文（章）

　　案查本校於三十六年八月，接奉貴公司董事會董秘事字第四十六號公函，分配本校補助費數目一案到校等由；准此足徵

　　貴公司補助文化，獨具熱忱，曷勝感謝！茲謹遵照規定，並附收據一張，具函請領本年一月份應發之補助費國幣六十萬元正，更祈檢交本校事務主任龍述光先生手收，相應函達，即希查找辦理為荷！此致

　　嘉樂製紙公司

公』，聚半桌之座，舉箸大嚼，如風捲殘雲，旁若無人。夏校長側目而視，固亦莫如之何。」從這段引文中，看得出李劼人與夏斧私是相識的。

附收據一張

校長仇同甫（章）

批註：照付。元‧二十集（程雲集）

已交會計課提去，已付訖。元‧卅一

雲集經理先生惠鑒：

敝校事務龍先生□後現聘鮑昆生先生接替，特請鮑先生持函晉謁左右，便以後接洽一切也。又，敝校定於正月十七日開學徵費，四聯單需用甚迫，請撿取若干本交鮑先生帶回為荷。此致

籌祺！

弟仇同甫書

二‧廿三

批註：四聯單已取去矣

逕啟者：

本校本期高中學生繳納學、食各費仍託貴公司代辦，並定自本日開始繳費。特函專達。即希查照為荷！此致

嘉樂公司

成公中學校長仇同甫（章）

卅七年二月廿六日

批註：照辦。

集

二‧廿六

收文日期

發文日期 37 年 3 月 13 日

寄到日期 37 年 3 月 15 日

事由：函請酌予增加補助費，用濟寒畯。並祈賜復由

私立成公中學公函 成文七

民國三十七年三月十三日（印）

案查本校前經具函請領貴公司本年上期補助費，計國幣陸拾萬圓，已承撥付在案。祗領之餘，全校員生對貴公司之熱心文化，無不竭誠感謝！同聲讚佩！嗣於本期開學後本校即將此款完全移作獎

學金用途。庶清寒學子,藉此獎掖,得以同沾實惠,不意月來物價暴漲,生活較前懸絕,以之分配名額,至覺不敷。後此物價上升,自感裨益甚微,不識貴公司尚能就目前實際生活情形,酌予增加否?倘荷採納,則寒畯學子,當益拜惠於無窮矣。專函奉商,敬希裁復是幸!此致

　　嘉樂製紙公司

校長仇同甫(章)

　　批註:轉於董事會請示。三・十五

　　1947 年補助成公中學一百二十萬分兩期支付。仇校長的信件表明已經領到了六十萬元,但是仍感不足。在 1948 年的文化補助金中,撥付給成公中學是一百五十萬元。

6. 私立銘章中學

　　私立銘章中學創辦於 1941 年,用以紀念盡忠職守,為國捐軀的王銘章上將。國民革命軍第四十一軍 122 師師長王銘章,1938 年 3 月 17 日戰死於山東滕縣。之後,國民政府追贈為陸軍上將。為緬懷烈士英雄業績,國民黨第二十二集團軍總司令孫震、團長王文振及家鄉人士發起創建學校,王銘章將軍遺孀周華玉等家屬極為贊同,並先後撥出 80 畝土地作為學校用地,以 12000 元的撫恤金和部分家產作為辦學經費。該校以培植前方抗日將士家屬子女及有志向學而無力上學的青年為目的。銘章中學的董事長也是孫震將軍,銘章中學與樹德中學堪稱姊妹學校。

　　私立銘章中學校長室用箋

　　三十六年六月七日

　　敬復者:

　　頃奉大示並賜捐敝校修建費國幣一萬圓亦經收到。厚誼隆情至深極感!茲特肅箋申謝,並附上收據一張,祈賜查收為荷。此致

　　嘉樂紙廠股份有限公司

校長王章樹(章)

　　附捐贈修建費一萬元收據一張(嘉樂製紙廠股份有限公司會計組印)

李劼人(簽名)

銘章中學辦校之初就定下了拒絕社會捐款，靠烈士撫恤金辦學的原則。〔註38〕嘉樂製紙廠股份有限公司的一萬元的文化補助金與其說是資助，不如說是表達一種敬意。

7. 私立建本小學

私立建本小學是井研人蕭參〔註39〕捐自家住宅而創辦的一所私立小學。

敬啓者：

　　素稔貴公司於文化事業每多賛襄，各中小學多承經濟援助，可見重視文化，洵足風世而敦化矣。敝校瓶立於茲二十年，皆係私人集資，棉力有限，且受疏散影響，辦理尤感困難。擬亦援例請求貼助。倘蒙惠然肯諾，匪獨同人銘感，莘莘學子亦戴德不忘也。此致

嘉樂公司執事臺鑒

建本小學校董會代表夏峋（章）
建本小學校長周守廉（章）同啟
九月三

敬啓者：

　　頃承貴公司慨捐基金一百萬圓正業如數收齊。際茲國步艱難，公私交困，猶能重視基礎教育，傾囊相助，嘉惠童蒙，誠非淺鮮。謹代表全校同人及學子深致謝忱。伏希亮察。此上

嘉樂製紙公司臺鑒。

成都市私立建本小學校董代表夏斧私（章）
校長周守廉（章）謹啟

兩封信函都沒有標注具體的時間，不過按照捐助金額，應該是在 1947 年。之前通貨膨脹還沒有達到資助金額那麼大的程度，之後公司舉步維艱，

〔註38〕校董吳照華說：「銘章中學的經費來源是兩條。一是王銘章家產六百畝田的收入，二是烈士的撫恤金，決不依靠當地政府和各界人士提供的一分一文。」參見中國人民政治協商會議四川省新都縣委員會文史資料委員會編：《新都文史・教育專輯之一》（第 10 輯），1994 年，第 55 頁。

〔註39〕蕭參（1885～1961），井研人，後考入成都警官學堂。1906 年參加同盟會，與張頤、謝持、曹篤、向楚等聯繫活動較多。先後在外國語專門學校、四川省立師範學校、成都大學、成都師範大學、四川大學、華西大學任教，二十年代捐私宅創辦私立建本小學。參見《樂山市地方志通訊》1987 年第一期的《蕭參傳略》。

對於股東學校都只有紙張捐助，怎麼有能力拿出一百萬元來資助一般學校呢。

8. 私立浙蓉中學

私立浙蓉中學的籌備基金，是用浙江會館的全部資金作為校產而興辦的，校址在成都外南小天竺街，用浙江會館舊址建築而成。創辦時，校董會的董事長為孫元良（黃埔軍校第一期畢業、滬上抗日名將），董事多是浙江籍，另外還聘請了教學經驗豐富的樹德中學校長吳照華、國立高等師範校長楊伯欽做董事。孫震將軍的長子孫靜山在浙蓉中學教書，後來擔任了校長職務。

　　收文第4號

　　原件日期

　　寄到日期37年3月9日

　　私立浙蓉中學公函

　　函字第五三五號

　　三十七年二月八日發（印）

　　事由：為函請惠予設置清寒獎學金，希煩查照見復由

　　逕啟者：

　　　　敝校高初中十二班學生共計五百餘人，內中清寒者甚多。敝校雖有公免費之設置，然以經費太少、名額有限，以多數學生家境確係清寒，學行又屬優良，因限於名額致有失學之虞。素仰貴公司諸執事先生抱服務社會之精神，對於青年學子諸多幫助，擬請貴公司在敝校設置清寒獎學金數名，藉以獎勵後進。襄此盛舉，相應函請查照，惠予設置。並請賜復為荷！此致

　　嘉樂公司

　　　　　　　　　　　　　　　　　　校長孫靜山（章）

　　批註：閱、存查

　　　　　　　　　　　　　　　　　　　　　　李劼人

　　　　　　　　　　　　　　　　　　　　　　三月九日

有卷考查的，嘉樂紙廠文化補助金名下資助的學校還有綿陽小學、樂嘉小學、湖南明德學校、復興小學等等。

（三）對於社會名流的資助

嘉樂紙廠的檔案卷宗中，還存有馬寅初先生寫給嘉樂紙廠董事長李劼人的一封信，抄錄如下：

劼人先生道席：

今日暢領教益，感佩之至。承賜厚貺，殊不敢當，大有卻之不恭、受之有愧之感。且無以為報，深滋汗顏耳。余言不盡，專肅鳴謝。順頌

道綏！

弟　馬寅初　拜啟

五月十六日

圖 13　馬寅初致李劼函

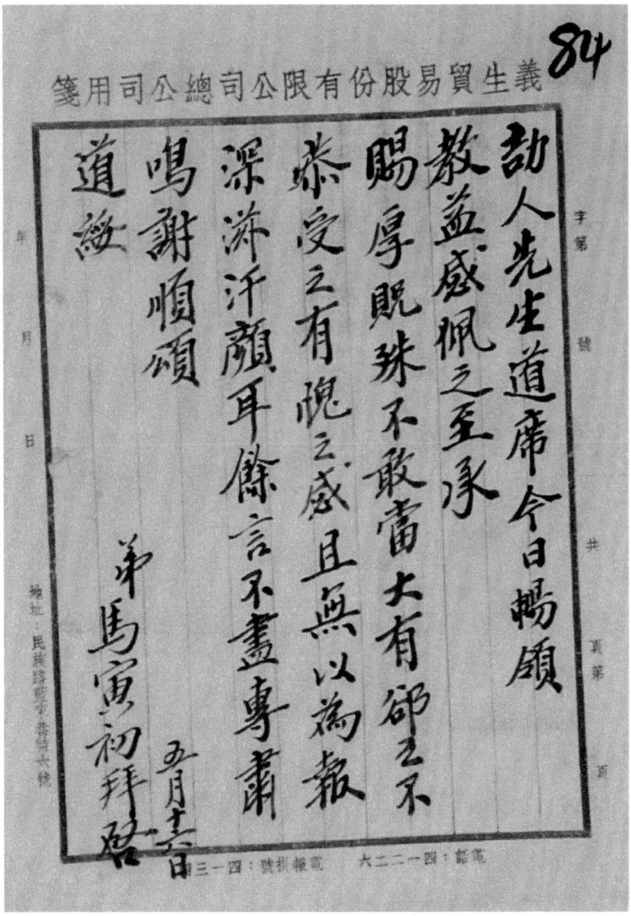

義生貿易股份有限公司總公司用箋

劼人先生道席今日暢領教益感佩之至承賜厚貺殊不敢當大有卻之不恭受之有愧之感且無以為報深滋汗顏耳餘言不盡專肅鳴謝順頌道綏

弟馬寅初拜啟

五月十六日

　　由於檔案中單單只有這樣一封信箋，既沒有具體年限，也沒有具體事由。信紙用的是「義生貿易股份有限公司總公司用箋」，上有地址：民族路藍家巷特六號，電話：四一二二六　電報掛號：四一三四。而翻遍《馬寅初全集》和《馬寅初年譜長編》中都無馬寅初先生與李劼人先生交往的隻字片語。那麼，這封信寫於何時？又因何而寫呢？

　　在李怡的《李劼人畫傳》中有這樣一段文字：

　　　　1941 年 4 月，日本開始實行經濟封鎖，就連用紙都變得十分緊
　　張，當時重慶、昆明、成都等地的許多報刊因紙張缺乏而被迫停刊。
　　為了滿足大後方的用紙需要，為了宣傳抗日文化，李劼人全力以赴
　　經營紙廠，為引進大宗股金，他將公司遷往成都，在成都設總公司，
　　分別在樂山、重慶兩地開設分公司。因為梁彬文回廠任廠長不久，
　　又匆匆離去，就再也請不回來了。為紙廠聘請優秀的工程技術人員，
　　他奔波於樂山、昆明、重慶等地，最後，請回留學德國學習造紙專
　　業的工程師陳曉嵐為廠長，並特聘馬寅初博士為經濟顧問。〔註40〕

　　如此看來，馬寅初先生與嘉樂紙廠就有了交集——經濟顧問。然而，史實並非如此。

　　在 1945 年以前嘉樂紙廠職員名冊中，顧問只有技術顧問、法律顧問和會計顧問，沒有專門設置過「顧問」這一職位。只有 1945、1946 這兩年的職員名冊中，儼然出現了「顧問」專欄，其名下有「李幼椿、馬寅初、向仙樵」三人。所以，在《李劼人畫傳》中指出的馬寅初被聘為經濟顧問的時間肯定是不正確的。那麼，馬寅初究竟是什麼時候被聘為經濟顧問的呢？

　　爬梳嘉樂紙廠檔案，在其第二十一次常務董事會議記錄中，發現在會議議題第四項中清楚地記錄著這樣一段文字：

　　　　四、寅初先生為我國經濟名家，現聞生活困苦，渝各公司均有
　　補助。本公司擬聘為經濟顧問，酌予資助案：通過。每月致送與馬
　　費五千元。

　　這次常務會議的開會時間是民國 34 年 3 月 22 日上午十時。如此看來，馬寅初被聘為嘉樂紙廠的經濟顧問並非 1941 年，而是 1945 年。而其作為經濟顧問，並非需要其在經營上行什麼顧問之責，而是為了補助其生活困苦，以經濟顧問的名義給予資助。

〔註40〕李怡、王琳：《李劼人畫傳》，成都：四川人民出版社，2011 年，第 94 頁。

馬寅初先生的這筆經濟資助費並非先例，也不是僅有。1940 年嘉樂紙廠董事會就通過了每年撥付一筆資金作為「文化補助金」，資助教育、慈善、文化。之所以如此，乃是因為其董事長李劼人的遠見卓識。作為中國現代文學史上著名作家的李劼人，早在 1925 年就表示「正在成都方面集資組織造紙公司，擬作中國西南部文化運動之踏實之基礎」。直至抗戰爆發前，集資合辦的嘉樂紙廠一直苦苦經營掙扎，時停時續，其想實業救國、文化救國的壯志難酬。到了 1938 年，一方面政府扶持民族工業，另一方面洋紙和外埠紙不能運入四川，嘉樂紙廠適時發展擴大，步入黃金發展期，盈利給予了李劼人實現「作中國西南部文化運動之踏實之基礎」的理想，1940 年的「文化補助金」正是其具體實踐。文化事業補助金對內設有職工教育經費、平民讀書社等項目，對外對當時內遷於四川的同濟大學、武漢大學，還有成都、樂山等地乃至外省的中小學提供了具體、切實的幫助，這一舉措為處在艱難國運的文化事業注入了經濟活力，在夯實大後方文化之基礎方面功不可沒，有效地實踐、實現了當初的人生理想。

隨著法幣的貶值和物價的飛漲，很快這每月五千元的輿馬費就完全不夠敷出了。到了同年的五月二十四日，在嘉樂紙廠召開的「第二十二次常務董事會議」上，馬寅初先生的輿馬費又做了一番改動：

　　二、除原定每月致送輿馬費伍仟元外，自本年度六月份起，每月贈送伍仟元，連前每月共致送一萬元。所增之數，列於本公司職工教育費下。

這每月發放的輿馬費一直發放到了 1946 年 10 月。

致總公司

董秘人字第四號

卅五年十月三日

　　查自勝利後，本公司所聘顧問或還鄉或遠行、變動，而甚至每月致送各顧問之輿馬費，因物價波動，實感菲薄，故自本年十月份起，應作如下調整，仰即分別整飭送辦為要！

（一）輿馬費應加調整者：

　　李幼椿顧問按月致送貳萬元

　　向仙樵顧問按月致送壹萬元

　　田明誼顧問按月致送壹萬元

鍾繼豪顧問生活津貼按職工增加數字調整

與馬費停止致送者共七位顧問：

徐光普、余紹庚、陸蔭池、高淑鈞、葉嶠、徐賢恭、馬

寅初

總公司

　　凡此種種，就嘉樂紙廠現存檔案，從 1945 年 3 月到 1946 年 10 月一年半的時間，嘉樂紙廠聘請馬寅初先生為經濟顧問而每月致送輿馬費資助馬寅初先生。馬寅初先生信件中所謂「厚貺」應該就是指的這筆輿馬費。那麼馬寅初先生寫給李劼人先生的這封信究竟是寫於 1945 年的 5 月還是 1946 年的 5 月呢？

　　查閱《馬寅初年譜長編》，1945 年、1946 年這兩年，馬寅初先生只有 1945 年 5 月在重慶，1946 年 4 月早就已經離開重慶經滬返杭了，故奔波於成都、重慶、樂山三地的李劼人先生能夠與馬寅初先生會晤也只能是在 1945 年 5 月了。

　　嘉樂紙廠名下的經濟顧問，李幼椿先生和向仙樵先生都是四川人，李幼椿先生與李劼人先生交情深厚，他們同為留法同學，又是少年中國學會的同仁。向仙樵先生與李劼人先生曾為川大同事。馬寅初先生與李劼人先生什麼時候有交集，這個無從查考。不過李幼椿與馬寅初同為民盟成員，也許是李幼椿的引薦也許是別的。單單以馬寅初先生作為中國有名的教育家、經濟學家，尤其是其在四十年代重慶時期直指孔祥熙，怒斥國民黨政府的腐敗，這種大義凜然足以令所有人仰慕。嘉樂紙廠的五千元乃至漲後的一萬元輿馬費，在物價飛漲的年代並不能多大地改善生活，但是無疑是一種立場，一種態度，也是踐行其文化救國理想的舉措。

　　馬寅初先生與李劼人先生的這次會晤究竟談了些什麼，目前尚無任何文字記載。不過兩人的惺惺相惜在兩年後得到印證。1947 年 5 月 9 日，李劼人在連載發表的《天魔舞》揭露國民黨統治區經濟混亂，買辦資本家投機倒把，特務橫行，人民生活困難的現實黑暗；而 1947 年 5 月 10 日馬寅初為楊培新《中國通貨膨脹論》一文作序，在序文中所羅列的「預算收支，失其平衡；商賈出入，明盈暗虧；工業凋敝，農村破產；莩荓遍地，天怒人怨。誰為為之，孰令致之？上帝有靈，曷勿速遣天兵神將，把所有好戰惡魔悉數殲滅乎？」〔註41〕兩人所見如出一轍，一個借助文學形式來形象揭露，一個運用經濟學原理來揭示癥結，可謂同聲相應！

〔註41〕徐斌、馬大成：《馬寅初年譜長編》，北京：商務印書館，2012 年，第 405 頁。

（四）對於文化團體的捐助

1. 文協

李劼人雖然曾經表示不再做官，但是對於民間團體的職務卻是非常熱心的。抗戰爆發，李劼人積極在成都發起中華全國文藝界抗敵協會。在成都市檔案館現存有這樣一份檔案：

　　成都市政府市長楊全周批覆文協成都分會籌備員李劼人等呈文

（中華民國）28 年 4 月

　　具呈人：中華全國文藝界抗敵協會成都分會籌備員李劼人等

　　　　二十八年四月二十六日呈一件：齎呈許可證暨章冊名單，請予查驗並請派員出席指導成立大會由。

　　　　呈附均悉，准予備查，許可證驗訖發還，並候派員屆時出席指導，章冊名單存查。

　　　　此批

　　　　計發還許可證一張。

市長楊

中華民國二十八年四月

　　其實，文協成都分會早在 1939 年 1 月份就已經發起並成立了。根據文協總會的建議，李劼人同周文、朱光潛、羅念生、馬宗融及由上海回川的沙汀、從北方回來的陳翔鶴等人發起成立了中華全國文藝界抗敵協會成都分會。除發起人外，成員還有葉聖陶、周太玄、蕭軍、熊佛西等。李劼人雖然忙於嘉樂紙廠的事務經常奔走於在蓉、渝、樂三地，但對於文協的事務毫不懈怠，先後擔任文協的理事、常務理事，總理事及文協機關刊物《筆陣》〔註42〕的主編等職，積極領導抗敵協會成都分會的工作。除了身體力行，董事長李劼人還從嘉樂紙廠的文化補助金項下撥款來資助文協。

〔註42〕1939 年 2 月 16 日創刊於成都的文藝半月刊，後改為月刊。為中華全國文藝界抗敵協會成都分會會刊。由文協成都分會發行。編委會由李劼人、鄧均吾、曹葆華、任鈞、周文等十一人組成，陳翔鶴、蕭軍、顧綬昌為常務編委。1939 年11 月一度停刊。1940 年 4 月復刊，出至第 2 卷 2 期後又休刊。1941 年 11 月20 日復刊，由厲歌天、葉聖陶編輯。至 1944 年 5 月改為叢刊，由王冰洋、呂洪鐘主編。該刊以發表短評、雜文、隨筆為主，內容多反映當時人民抗日鋤奸鬥爭。改為月刊後以發表小說、詩歌、翻譯為主。主要撰稿人為文協分會會員，後期撰稿人還有茅盾、李廣田、豐村、王亞平、孟超等。1944 年 5 月停刊，先後共出三十期。

　　洪鐘在《永恆的懷念》一文中就專門記載了李劼人對於文協的熱心參與和積極資助：

　　　　1940 年 3 月，反動派在成都製造了「國會縱火案」式的搶米事件，加強了法西斯統治，「文協」活動受到了很大的壓力。劼人先生不管那一套，反而積極支持「文協」的活動。在嘉樂紙廠對文化事業補助費內按月撥給「文協」紙張若干令，以作會刊《筆陣》的出版經費和其他活動費用。〔註43〕

　　文協分會的會牌沒有地方掛，李劼人讓掛在嘉樂紙廠成都辦事處；文協的理事會也經常在嘉樂紙廠成都辦事處辦公室召開，葉聖陶在其日記中就記載：「(1945 年) 2 月 6 日，至嘉樂公司，出席文協理事會，到者有劼人、翔鶴、開渠、白塵諸君」。

　　文協會刊《筆陣》的發行量小，除付印刷費外，稿酬都無法開支。李劼人以嘉樂紙廠的名義經常捐贈紙張、現金。僅據《筆陣》零星報導，嘉樂紙廠 1940 年 7 月捐款現金五百元，12 月捐嘉樂紙六千張。在嘉樂紙廠現存檔案中也真實地呈現了當時的史實：

　　1940 年 5 月 30 日的董事會議事錄簿上也記載：

　　　　李劼人提議成都文協分會募捐事

　　　　議決：自六月起，每月由駐省辦事處捐贈壹佰元，五個月截止。

　　嘉樂紙廠一直給予「文協」經濟上的援助以及協會成員安全的保障，這一切都緣於既是嘉樂紙廠董事長又是「文協」分會理事的李劼人。

　　「文協」在成立之初無固定會址，開展活動很不方便，李劼人 1940 年把分會會址設在了嘉樂公司成都辦事處的所在地，之後，那兒就成為了「文協」會員聚會和活動的地方。在抗戰期間非常活躍，並積極宣傳抗戰理論，鼓勵作家積極參加抗戰活動的分會會刊《筆陣》就是李劼人取的名字。「當時由於物價飛漲，發行有限，不得不靠嘉樂紙廠募得捐款和紙張發行。這時期可以這樣說，沒有李劼人從經濟和物質上大力支持，《筆陣》是根本無法維持下去的。」〔註44〕

〔註43〕洪鐘：《永恆的懷念》，成都市文學藝術界聯合會，李劼人研究學會編：《李劼人研究 2007》，成都：巴蜀書社，2008 年，第 136 頁。

〔註44〕商金林：《葉聖陶年譜長編·1936～1949》（第 2 卷），北京：人民教育出版社，2004 年，第 317 頁。

　　據作為嘉樂紙廠李劼人董事長的秘書和「文協」成都分會的理事謝揚青先生回憶：嘉樂紙廠每年拿出盈利項目的百分之五作為文化補助金來捐助文化事業，李劼人每年都向董事會提出給予文協優渥的資助，從資金和紙張兩個方面予以援助。〔註45〕1942 年嘉樂紙廠捐贈大批上等嘉樂紙以作《筆陣》出版之用，而現存的檔案也鑒證了這一史實：

　　中華全國文藝界抗敵協會成都分會用箋

　　今收到嘉樂製紙公司成都分公司惠捐肆月份嘉樂紙四令，計四千張正。此據

中華全國文藝界抗敵協會成都分會

常務理事陶雄（印）

　　中華民國三十一年四月二十七日（中華全國文藝界抗敵協會成都分會印）

　　備註：付訖。

　　中華全國文藝界抗敵協會成都分會用箋

　　今收到嘉樂製紙公司成都分公司惠捐五月份嘉樂紙四令正。此據

中華全國文藝界抗敵協會成都分會

常務理事陶雄（章）

　　　中華民國三十一年五月（中華全國文藝界抗敵協會成都分會印）

　　中華全國文藝界抗敵協會成都分會用箋

　　今領到嘉樂製紙公司惠捐陸月份嘉樂紙四令，計四千張。此據

中華全國文藝界抗敵協會成都分會

常務理事陶雄（章）

　　中華民國三十一年六月四日（中華全國文藝界抗敵協會成都分會印）

　　中華全國文藝界抗敵協會成都分會用箋

　　今收到嘉樂製紙公司惠捐叁拾壹年柒月份嘉樂紙四令，計四千張正。此據

中華全國文藝界抗敵協會成都分會

常務理事陶雄（章）

〔註45〕成都市文學藝術界聯合會，李劼人研究學會編：《李劼人研究 2007》，成都：巴蜀書社，2008 年，第 128 頁。

中華民國三十一年十月（中華全國文藝界抗敵協會成都分會印）

備註：照交。十‧十四

中華全國文藝界抗敵協會成都分會用箋

今收到嘉樂製紙公司惠捐三拾壹年玖月份嘉樂紙四令，計四千張正。

此據

中華全國文藝界抗敵協會成都分會

常務理事陶雄（章）

中華民國叁拾壹年玖月（中華全國文藝界抗敵協會成都分會印）

備註：照付。十一‧十四（程雲集印）

中華全國文藝界抗敵協會成都分會用箋

今領到嘉樂製紙公司惠捐拾月份嘉樂紙四令，計四千張正。此據

中華全國文藝界抗敵協會成都分會

常務理事陶雄（章）

中華民國三十一年十月（中華全國文藝界抗敵協會成都分會印）

備註：照付。十一‧十四（程雲集印）

中華全國文藝界抗敵協會成都分會用箋

今領到嘉樂製紙公司惠捐拾壹月份嘉樂紙四令，計四千張正。此據

中華全國文藝界抗敵協會成都分會

常務理事陶雄（章）

中華民國叁拾壹年拾壹月（中華全國文藝界抗敵協會成都分會印）

備註：照付。十一‧十四（程雲集印）

　　檔案殘缺，但是嘉樂紙廠在八月也是捐助了文協 4 令紙的。在 1942 年，嘉樂紙廠就一次性捐給「文協」40 令各色紙，在三月份捐贈 8 令紙後，從四月份起，按月捐贈「文協」成都分會 4 令紙。也正是這樣的有力資助，「文協」的會刊《筆陣》沒有像一般刊物那樣遇難而止、很快消失，反而越辦越好。也正因為此，文協成都分會的出版工作，是文協所有分會中成績最大的，不僅包含了期刊、副刊和叢書等多種形式，而且保持了較強的連續性，為推進宣傳抗戰、推進抗戰文藝做出了卓越的貢獻。

2. 新世紀學會

　　新世紀學會是周太玄、葉聖陶、黃藥眠等 1945 年在成都創辦的學會。周

太玄是李劼人中學同學，同為少年中國學會成員，後又一同在法國勤工儉學，也是一直鼓勵李劼人進行文學創作的人。葉聖陶 1938 年 10 月到國立武漢大學任教，1940 年離開武大到成都教育科學館任職。在樂山期間自然與嘉樂紙廠有交集，在 1939 年 5 月 12 日聽說了嘉樂紙廠廠長王懷仲在重慶被敵機炸死的慘況後，專門為王懷仲廠長寫了挽詩：「孟實坐中一面緣，渝州慘禍忽驚傳。人生自古誰無死，公而忘身君獨賢。」不過葉聖陶在日記中錯把嘉樂紙廠寫成嘉興紙廠了。

到 1942 年 3 月 1 日葉聖陶與李劼人同選為文協成都分會第四屆理事以後，日記中開始出現李劼人，有了《筆陣》，並提到文協的會議在嘉樂辦公室召開。

3 月 7 日的日記：「作書覆劉校長及叔湘。……至四五六餐館，赴成都『文協』之會，到新選理事凡十人，李劼人、陳翔鶴與焉。共謂《筆陣》雖已出版，唯內容不充實，脫期亦利害，今後擬整頓之。談笑甚歡。」

有著這樣的交情，嘉樂紙廠資助新世紀學會出叢書更是義不容辭了。

> 敬啟者：
>
> 　　敝會辱承貴公司捐贈叢書基金國幣伍萬元整，實深銘感，特此備函致謝。此致
>
> 嘉樂公司諸執事先生
>
> 　　　　　　　　　　　　　　　新世紀學會秘書室（印）謹啟
> 　　　　　　　　　　　　　　　六月五日〔註46〕

（五）對於孤兒院、慈善機構的救濟

1. 孤兒院

樂山孤兒院創辦於 1927 年，開辦時地址在樂山順城街（後遷至徐家塴，緊鄰嘉樂紙廠），房舍是原來絲廠廠房，由「十善會」〔註47〕創辦。「十善會」成員和地方士紳組成董事會，董事長由楊新泉擔任，院長趙華樓。第一批招收孤兒三十人左右，雖然收的是孤兒，但比較嚴格，首先要進行體格檢查。原計劃孤兒進院以後學技藝，搞點生產勞動，後來看到孩子們太小，才進一步辦成

〔註46〕時間應該是 1945 年。

〔註47〕「十善會」是由樂山十家大商號的老闆，如德興隆的楊新泉、楊彥之，其他商號的葉春海、汪華之、趙華樓、何卓元、杜子茂、李鴻恩、賀永順、羅光廷等組成。「十善會」的資金由各成員捐助。

學校。學校名稱是「樂山私立孤兒院附屬小學」，辦學資金仍由「十善會」捐助，也向商會募捐一些，不足部分由楊新泉承擔。

一方面楊新泉是嘉樂紙廠的董事，另一方面孤兒院曾經在 1944 年 3 月捐給嘉樂紙廠一塊空地，給正在積極籌備擴建的嘉樂紙廠有力的援助，嘉樂紙廠無論是出於慈善助學還是感恩回報，在文化補助金項下專門設款幫助孤兒院。

嘉樂製紙廠股份有限公司稿紙　卅三年三月六日

事由：為承贈基地，端函申謝由。昨准貴校卅三年二月廿四日公函開：「敝校後右方隙地二千七百九十一方公尺（中略），不為敝校所必需，爰以義贈。請煩派員接收為荷」等由，准此。查貴校毗連敝公司，屬承囊助，茲復：義贈隙地，補我不足。敝公司無任感荷，除定期接收，另行帖請外，先此端函鳴謝，伏惟惠詧，願所盼為禱。此致

孤兒院小學校董事會

擬稿繕寫

董事會啟

嘉樂製紙廠股份有限公司稿紙　卅三年三月十一日

事由：為謝贈隙地捐金三十萬元由

竊以敝公司辱承貴校義贈隙地，業於來月六日具函申謝在案。昨蒙貴校董事長楊新泉、校長章開富惠臨敝公司點交。無任銘感，茲特捐助國幣三十萬元以助貴校基金，並與貴董事長商定，按照現時紙價每令二千二百餘……〔註48〕

1944 年嘉樂紙廠為將來的發展積極擴建廠房，比鄰的孤兒院捐贈了嘉樂紙廠一塊空地。嘉樂公司也慷慨地捐贈了三十萬元給孤兒院作為辦學基金，並且在嘉樂紙供不應求的前提下給予紙價優惠。

逕復者：

秘字第 123 號函悉撥助孤兒院文化基金國幣五萬元，已於五月二十六日付訖。承詢持復，即希轉致前途為荷！此致

〔註48〕檔案殘缺。

秘書室

嘉樂製紙廠股份有限公司（梁彬文印）啟

中華民國卅三年八月七日

收文第 186 號

原件日期 34 年 5 月 7 日

寄到日期 34 年 5 月 14 日

樂山私立孤兒院附設小學校公函

孤字第 107 號民國三四年五月七日

事由：為請撥文化基金補助費由

　　逕啟者：敝校與貴廠切屬比鄰，前此屢叼憫念孤苦兒童，惠以物質與精神之補助諸孤。蒙受德賜，早深感荷，頃復悉貴公司本年文化基金補助費正從事分配，地方文化事業獲濟助。敝校收容孤苦兒童而教養之，兼慈善與文化性質，應邀一視同仁。爰是函請貴公司垂賜撥給俾資教養，毋任感荷之至。此致

嘉樂製紙股份有限公司董事會董事長李

校長章開富（章）

收文第 452 號

原件日期 36 年 4 月 5 日

寄到日期 36 年 4 月 19 日

樂山孤兒院小學校用箋

劼人董事長大鑒：

　　久不覿晤，至用馳思。計動定愉樂，籌營勝利是幸。是祝啟者。敝院虛譽有增，弟等支撐力薄。荷臺端發菩薩心，造惠捐助使¡õ告諸孤獲受教養，感戴三山，深知其重。年來生活指數日高，原有微薄基金難能維持經常用，是簽請舟沛仁澤，使此事業免於停歇，則諸孤不至失所，即貴廠眾多子弟亦得就近入學也。為幸如蒙多與噓扇，俾得增積基金，尤所感盼也。肅此敬叩特綏！

弟王資軍、歐陽里東、楊新泉同啟

卅六年四月六日

　　嘉樂紙廠逐年撥付給孤兒院的文化補助金為：1945 年八萬元；1946 年十六萬元；1947 年一百二十萬元，1948 年二百萬元。有感於嘉樂紙廠的大力資助，孤兒院董事會盛情邀請董事長李劼人加入負責。

　　收文第 473 號

　　原件日期 36 年 7 月 3 日

　　寄到日期 36 年 7 月 12 日

　　樂山私立孤兒院附設小學用箋

　　逕啟者：

　　　　敝院創辦迄今廿有一載，多賴各界賢達予以扶持，感佩殊深。惟經時稍久，本屆董事、同人有因生活遷徙無力兼顧者，致負責之人日漸減少，對於慈善前途不無影響。依照規章應即添聘補充，刻經敝會第十七次常會決議，一致公推臺端。痌瘝在抱，樂育為懷。尚希惠然參加，不吝指導。是為至荷！此致

　　李劼人先生

　　　　　　　　　　　　　　樂山私立孤兒院董事會（印）

　　　　　　　　　　　　　　　　　　董事會啟

　　　　　　　　　　　　　　　　　三十六年七月三日

　　不過對於樂山孤兒院的盛情，李劼人婉言辭謝了。嘉樂紙廠在這一時期已經為飛漲的物價、紙張的競爭而陷入發展瓶頸，董事長身上的擔子已經讓他無暇估計其他。

　　2. 成都市救濟院

　　成都市救濟院用箋

　　逕啟者：

　　　　敝院救濟兒童每日上課書籍、筆墨、紙硯均係向外捐募，以資應用。除書籍等已陸續募集外，惟查兒童習字紙張每日消耗必需且無的款可以購買。素仰貴公司宏慈為懷，擬請將稍有破濫紙張可以裁作習字用者大量清檢，捐助於敝院用作習字之紙。如蒙惠助，毋任銘感。仍希見復為荷！此致

　　嘉樂紙廠成都分公司

　　　　　　　　　　　　　　　　　成都市救濟院啟

四月廿四日

批註：請求捐紙暫先付拾貳令。

廿六日

成都市救濟院前身為乞丐教養所，1934 年創辦，1939 年改名為成都市救濟院成都市救濟院，其下設兒童、婦女、游民、老廢四所。信件上沒有具體的年份，不過根據 1945 年 4 月 26 日第六屆首次董監聯席會議記錄得知，嘉樂紙廠決定資助救濟院十六開小紙八千張，估計就是收到這封信後做出的決定。

3. 平民工讀社

1934 年，謝勖哉、黃遠謨等人在樂山興辦慈善事業而創立了一所半工半讀的慈善學校——平民工讀社，地點在嘉樂門護國寺內。當年收養了貧寒子弟七十多人，上午讀書識字，下午學習製鞋、捲煙等工作技能，便於將來自謀職業。一年過去收養人數超過百人。為了解決辦校經費，平民工讀社還在樂山開辦第一家電影院放映電影。

1941 年在李劼人主持的董監聯席會議上，議決每月捐助五令紙給平民工讀社；1945 年 5 月 24 日李劼人主持召開的第 22 次常務董事會上，決議撥給平民工讀社伍萬元的文化補助金；1947 年 8 月 11 日李劼人主持的常務董事會上，又做出從 1947 年 10 月起，每年資助平民工讀社三十萬元的決定。

（六）對於清貧股東及貧寒子弟的援助

秘字第 140 號

關於補助清寒股東與本公司有關人氏之子教育費，每學期在文化事業補助教育費項下，撥助數萬元，業經卅三年八月十七日第十次常董會議通過，記錄在案。茲查股東陳義訓堂，因為生活所苦，子女教育費無法籌付，請予補助；又樂山王乃賡肄業燕大，品學兼優，惟家道赤貧，亦懇補助。經查屬實。陳義訓堂補助國幣壹萬二千元，王乃賡補助國幣捌仟元，著即照付為要！

成都公司

嘉樂製紙廠股份有限公司董會
董事長李劼人

在嘉樂公司股份登記中，1948 年陳義訓堂擁有股份 158 股。

　　另外還有一個長期被資助的對象就是嘉樂紙廠犧牲的廠長王懷仲的兒子王明毅。1939 年王懷仲廠長去世後，嘉樂紙廠包辦了全部喪葬費用，並且承擔了未成年的王明毅的教育費用。抗戰結束後，國立同濟大學遷校回上海，就讀於同濟大學的王明毅也隨之去了上海，1947、1948 連續兩年每月撥付五十萬元，一年總共撥付六百萬元文化補助金作為其學費和生活費。

（七）其他

　　對於上述文化單位、學校等補助金，並不是偶而為之，而是在相當長的時間內繼續進行。此情形可在嘉樂紙廠股份有限公司常務董事會議記錄簿上記載的幾次統一資助案中看出：

　　一、1945 年 5 月 24 日第 22 次常務董事會議錄，對於七個單位請求資助一致討論通過在文化補助金中予以補助：樂山孤兒院八萬元；樂山兌陽小學三萬元；樂山復興小學四萬元；樂山平民工讀社五萬元；新世紀學會五萬元；王光祈音樂獎學金六萬元；四川國醫專科學校〔註49〕六萬元。

　　二、1946 年 9 月 28 日第 34 次常務董事會議錄上，記載了補助樂山孤兒院國幣十一萬元；復興小學補助國幣十萬元；兌陽小學補助國幣六萬元。增幅比較大，兌陽小學翻了一番；復興小學的資助額更是上一年的 2.5 倍，孤兒院也增加了三萬元。

　　三、1947 年的文化補助金更是有了大的變化，為此嘉樂公司第 29 次常務董事會專門討論並做出了如下決議：

董秘事字第 45 號

　　　　關於與本公司有關之各文化團體補助事，歷年均按章辦理，尚無間斷。惟分配辦法，每年皆須變動，頗感不便！茲經八月十一日第廿九次常務董事會決議如下：「自即日起本公司文化補助及職工教育基金，除原計算之一千七百五十萬元外，另撥一千二百五十萬元，湊足國幣三千萬元存入公司文化事業補助基金項下，每月以八分計息，而以其息金分配各文化團體及本公司所需教育用費。」除已將上項決議辦法，分別通知各文化團體外，頃將應分配各單位之名稱、數目、分撥日期列表附後，仰即分別轉飭辦理為要！

〔註49〕1908 年前後，周孝懷任成都巡警道時期，在下蓮池巡警學校內舉辦了成都中醫學堂，主持者為何仲象。三十年代時何仲象之子何龍舉繼承父志，主持中醫辦學，恢復中醫學堂，更名為「四川國醫專科學校」，一直到 1945 年前後才停辦。

附本公司補助各文化團體名稱數目表

嘉樂製紙廠股份有限公司董事會

董事長李劼人

三六・八・十二

批註：遵辦。集（程云集）

八・十二

附件：

名　稱	地點	全年金額（萬）	每月（次）補助額	次　數	撥付時間	自⋯⋯起	經發單位
樹德中學	成都	600	50	每月一次	每月月底	卅六年八月起	蓉公司
敬業中學	成都	240	20	每月一次	每月月底	卅六年八月起	
醇化中學	武勝	360	30	每月一次	每月月底	卅六年八月起	
王明毅	上海	600	50	每月一次	每月月底	卅六年八月起	
成公中學	成都	120	60	每年兩次	一、八月月底	卅七年起	
成都文協會	成都	30	30	每年一次	每年十月月底	卅六年十月起	
職工教育費		600	30				
孤兒院	樂山	120	60	每年兩次	一、八月月底	卅七年起	樂公司
復興小學	樂山	60	30	每年兩次	一、八月月底	卅七年起	
兌陽小學	樂山	60	30	每年兩次	一、八月月底	卅七年起	
平民工讀社	樂山	30	30	每年一次	每年十月月底	卅六年十月起	

三十六年度文化補助費分配單位表

區域	單位名稱	每月資助數目	通訊處	每月特替領授公司	備註
樂山	樂山孤兒院	國幣貳佰萬元	樂山徐家埧	樂公司	
	復興小學校	國幣壹佰萬元			
	兌陽小學校	國幣捌拾萬元	樂山兌陽灣		

三十六年度文化補助金分配單位表

分發區域	單位名稱	每月資助數目	通訊處	每月特撥領款公司	備註
成都	樹德中學校	國幣三佰萬元	成都寧夏街	蓉公司	
	醇化中學校	國幣貳佰萬元	武勝烈面溪		
	敬業中學校	國幣貳佰萬元	成都奎星樓街十七號		
	成公中學校	國幣壹佰伍拾萬元	成都南較場		
	浙蓉中學校	國幣壹佰伍拾萬元	成都小天竺街		
	建本小學校	國幣捌拾萬元	成都君平街堪冥裏		
	成都文協分會	國幣陸拾萬元	成都四川大學劉盛亞先生轉		
樂山	樂山孤兒院	國幣貳佰萬元	樂山徐家埧	樂公司	
	復興小學校	國幣壹佰萬元	樂山徐家埧		
	兌陽小學校	國幣捌拾萬元	樂山兌陽灣		

　　1948 年第九屆第六次董事會決議上，在嘉樂紙廠因為經濟不景氣，紙張銷售不出去而將要停工的時候，李劼人仍然堅持給予樹德中學、醇化中學和敬業中學這三個股東學校分發補助費而讓學校能夠維持下去。出席會議的陳子光、孫靜山、吳書濃、黃肅方、湯萬宇、吳照華、劉星垣決議通過決議：自本年四月份起，按三校投資額每月補助樹德中學嘉樂紙捌令，敬業中學二令，醇化中學四令，其他單位因業務困難，暫時從緩辦理。

　　董秘事字第 16 號

　　　關於本公司文化補助費之分配，自卅五年度起，採撥存一筆基

金，而以其孳生息金為補助之方式辦理在案；卅六年度照章程規定，例有是項分配數字。其辦法經第九屆全體董事會議決，仍照卅五年度方式，可以存息 21177000 元，兩共為 51177000 元；卅六年度之文化補助金照章程規定分配，可得基金三千八百萬元，加入卅五年度之本息共為 89177000 元。自五月份起，全部撥存，每月以二十四分行息，可得二千一百餘萬元。即自卅七年六月一日起至卅八年四月底止，按附表所列單位資助之。除已由本會分函各受資助單位，每屆一個月，持據向附表注明領款地點具領外，著即分別轉飭辦理，為要！此致

總公司

附一件

董事長李劼人

中華民國 37 年 5 月 31

文化團體請求補助者

成都：樹德中學每月五十萬元；

　　　敬業中學每月二十萬元；

　　　成公中學壹佰二十萬元，分一月底、八月底兩期付；

　　　文協會一次付三十萬元；

武勝：醇化中學每月三十萬元；

樂山：孤兒院全年一百二十萬元，兩期付；

　　　復興小學全年六十萬元，兩期付，一月、八月每次付三十萬元；

　　　兌陽小學全年六十萬元，兩期付，一月、八月每次三十萬；

　　　平民社十月底一次付三十萬；

職工教育費：

　　　王明毅教育費每月五十萬元至明年暑假止。

　　　文化補助及職工教育基金原有一千七百五十萬，擬再撥一千二百五十萬湊足三千萬元。在公司存息每月八分，可得二百四十萬元。

　　時局動盪，國幣貶值嚴重，才僅僅一個月，嘉樂公司的文化補助金數額又做了大的調整：

　　　原文化補助基金三千萬元扎至四月底可以存息 21,177,000 元，

兩共為 51,177,000 元。今年分配可得基金三千八百萬元,兩共為
89,177,000 元。自五月底起每月以二十四分行息可得二千一百餘
萬。

自三十七年六月起月助:

樹德中學三百萬元;

敬業中學二百萬元;

成公中學一百五十萬元;

浙蓉中學一百五十萬元;

建本小學八十萬元;

孤兒院二百萬元;

復興小學一百萬元;

兌陽小學八十萬元;

成都文協分會六十萬元。

屆至三十八年四月底為止,以後捐助數目待三十八年四月股會
後再議。

可惜嘉樂紙廠沒有對歷年的文化補助金做一個專門的統計,除了投資學
校,還有許多臨時撥付的補助金無法統計。嘉樂紙廠在 1948 年那樣經營非常
困難,生產近乎停頓之際都仍然堅持撥付文化補助金,標誌著嘉樂紙廠一直在
奉行董事長李劼人的辦廠宗旨——以實業救助文化。

三、李劼人與嘉樂名人

投身實業,熱愛文學,積極公益,這應該是民國時期李劼人的真實寫照。
憑藉自己廣泛的人脈,結交社會名流,拉入志同道合的朋友共同募股建廠,實
施實業救國的計劃;在抗戰時期,又借助嘉樂製紙廠股份有限公司這個平臺,
運籌帷幄,把嘉樂紙送往各個需要的行業,為抗戰宣傳、文化教育做出切實的
貢獻;在抗戰後,一方面苦苦支撐因為貨幣貶值、市場衰退而陷入困境的嘉樂
製紙廠股份有限公司,一方面借助《天魔舞》真實描寫了一幅大後方社會的場
景圖:畸形的城市,苛捐雜稅名目繁多,物價猛漲,經濟衰退生存苦難;人心
頹喪,天魔亂舞。整個社會呈現出破落倒塌之勢,為國民黨的統治譜寫出了一
曲輓歌。

近十個年頭的文化補助金資助了眾多的學校、學者和慈善機構，抗戰時期數以千噸的嘉樂紙運往各個需要的行業，這並不是李劼人的一人之功。翻開嘉樂製紙廠股份有限公司的股東名冊，名單上赫然有文化、教育界名人張真如、向仙樵、魏時珍、劉星垣、宋師度、朱光潛、楊端六、蘇雪林、劉永濟等等，也有軍、政屆的名流何北衡、田頌堯、鄧錫侯、孫震等等，還有著青年黨領袖李璜、經濟學家馬寅初等等。這些人在嘉樂製紙廠股份有限公司裏有的被聘為專家，有的是常務董事，有的就是普通股東，有的還是普通職員。一個小小的機器造紙廠何以會聚集如此眾多的名流？這不得不歸功於李劼人，也因著大家心中共同的理想——實業救國。

（一）發起人股東

嘉樂紙廠最早的發起人陳翥鯤因為不贊同廠址選在嘉定（樂山又名嘉定、嘉州）而退出，盧作孚因為要創辦自己的實業——民生公司而並未投資，其餘的都為著一個共同的目標走到一起來了。

圖 14　現存登記最早嘉樂紙廠股東投資檔案

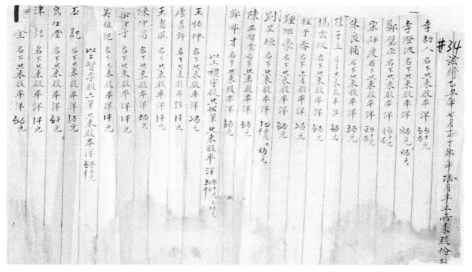

這是現存登記最早股東投資的檔案，儘管並不完備，但是早期發起人的股票都已如數記載：1925 年 7 月到 1927 年 6 月，發起人所投資的金額為：李劼人 550 元；李澄波 500 元；鄭璧成 250 元；宋師度 950 元；朱良輔 800 元；陳子立 500 元；楊雲從 500 元；程宇春 600 元；鍾繼豪 500 元；劉星垣 1800 元；王懷仲 600 元。

1. 宋師度

李劼人與宋師度因辦報而相識，早在 1916 年李劼人為《群報》主筆的時候，宋師度就是《群報》的主編了。1924 年在《川報》任編輯時，因為黎純一事件惹惱當時執政軍閥楊森而被抓進監獄，社長宋師度也一同被捕入獄，兩個人可謂共患難。嘉樂紙廠的創辦也是宋師度與李劼人一拍即合，並共同協商、邀約新聞報刊界同人而共同發起的。從嘉樂紙廠到嘉樂製紙廠股份有限公司，25 年間宋師度一直參與其中。在 1951 年的股東登記裏，從宋師度所填內容，真實而簡略地地記載了其在嘉樂的歷史。

作為資歷最老的發起人之一，宋師度在公司每次發展規劃、重大政策制定的時候，都是無條件地支持董事長李劼人的。在嘉樂紙廠 1951 年進行股票重新登記時，宋師度正在重慶民生公司作為住會常務董事而與部派公股代表與常務董事會一起清理民生公司的股票，進行公私合營工作。諸事繁忙無暇回成都參加八月八號的會議，趕在八月三號之前憑記憶填寫好自己在嘉樂的股票情況：

> 宋師度，912 股，200 股，股票號數 60 號，補 37 號。曾任各中學、大學教職員逾十年。民生實業公司總務處經理八年，兼代總經理四年。常務董事十一年。為嘉樂最早發起人，連任董事至今，中間曾代理董事長一年[註50]。民生公司經交通部協議書籌改為公私合營，即為住會常務董事之一，會同部派公股代表於常務董事會設清理小組及三個委員會。
>
> 備註：嘉樂創始即入股銀 2 千元，後 20 餘年中曾攤、繳、增股金，又屢將歷年股紅息轉股。現股票賬單俱不在身邊。

宋四俊堂也是宋師度名下的股票，有一百股。

從最早的投資兩千元開始，到 1951 年公私合營前，宋師度持有嘉樂股份 1212 股。

[註50] 1940 年李劼人董事長兼總經理，經常在樂山、重慶、成都三地奔波，宋師度作為常務董事而兼任董事長。

圖 15　1951 年的嘉樂製紙廠股份有限公司
股東登記表（宋師度）

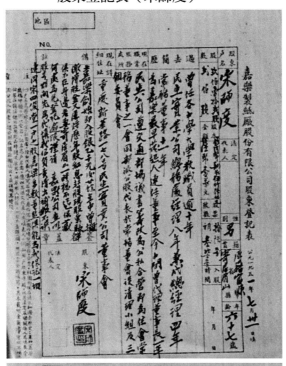

2. 王懷仲

李劼人慧眼識珠，王懷仲就是最好的證明。

李劼人與王懷仲相識於法國勤工儉學的時候，在發起創辦嘉樂紙廠的時候，李劼人首先想要找的夥伴就是王懷仲。於是寫信給自己的姻親何魯之，請求幫忙聯繫還在法國的王懷仲，王懷仲回國的路費都是由眾位發起人集資的。而作為唯一的造紙業專門人士，王懷仲回國後就開始了歷時八個月的考察，從西到東，從中到北，在經過機器紙廠規模調查、機器調查、原料調查和技術調查之後，他寫出了詳細的計劃書，令眾位發起人認為切實可行。

1929 年嘉樂紙廠因原材料緊缺而停工時，王懷仲被迫到附近的手工造紙廠裏工作謀生。1930 年夏天嘉樂紙廠重新開工，王懷仲馬上回到了嘉樂紙廠，並簽下了「擔任工廠全責，無論成功與否，不能離職」的協議，一直在樂山嘉樂紙廠服務。工廠的廠址、機器、工人挑選、職工培訓、技術改良諸種事務都是他親手操持，以致後來的接任廠長陳曉嵐都深深感歎王懷仲與工人之間的濃厚的師徒關係。

王懷仲對於嘉樂紙廠的貢獻大家有目共睹，可惜英年早逝。1939 年 5 月 4 日他在重慶監督、趕製機器的時候遭遇日機轟炸而殉難。董事長李劼人召集眾董事商議，承擔王懷仲所有的治喪費用，並承擔其二子（王明遹、王明毅）、一女（王明詞）的教育費用，王懷仲的工資一直發到其子女畢業為止。從 1940 年起撫恤其股本 100 股。

到 1951 年的股東登記時，王懷仲夫人王夏實榮有 72 股，王明遹，195 股；王明毅，195 股；王明詞，195 股。王明毅由嘉樂製紙廠股份有限公司資助送到同濟大學讀書，後來子承父業，回到嘉樂製紙廠工作。在讀書期間與李劼人有很多書信往來，現抄錄其中兩封書信如下：

李劼人致王明毅：

董秘事字第四十號卅六年七月十二日

明毅君鑒：

　　六月廿五日來函獲悉，擬即返川一行，愚甚不以為然。川中自兩月前各地發生米潮後，幾無一日安寧。各物繼米價而節節上揚，直追京滬物價，兼之月初川西江水泛濫，田舍湮沒，致米荒更形嚴重，搶米之風益熾。社會如此動盪，故四川已非安樂之土，擬返川一節，視此情形，實徒勞往返，大可不必。故望暫緩行趾，仍照愚

上月所談，利用暑期休閒去民豐紙廠實習，以免虛度光陰。希即往謁陳曉嵐廠長接洽，並立赴該廠為要，需款賡續匯來。此詢

近佳！

李劼人手啟

图16　李劼人寫給王明毅的信

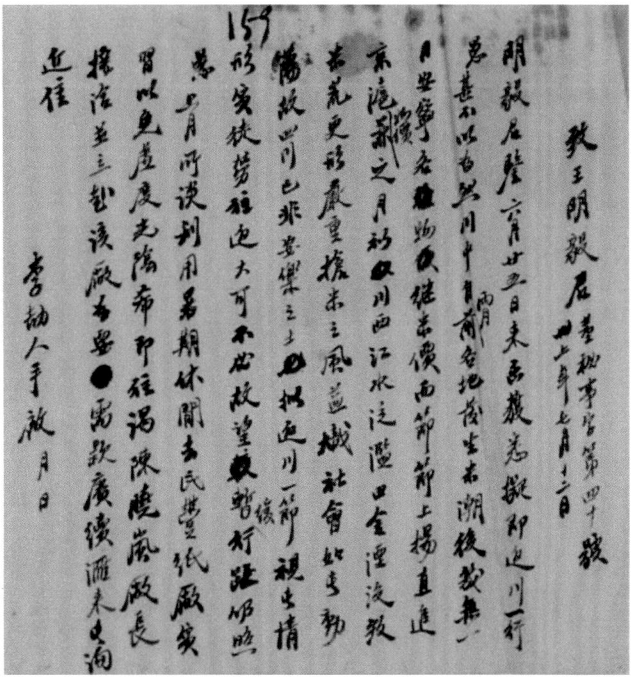

王明毅寫給李劼人的信函：

劼人老伯大人尊前：

七月底得老伯手諭，當即與曉嵐老伯談及，已蒙允准，於十月返川。侄並已於七月廿九日隨同陳老伯來嘉興民豐紙廠實習。此廠規模較華豐為大，實習之程序是動力部分十天（包括內燃引擎、蒸汽機輪、鍋爐三部分），修理間七天，電務間三日，製紙工廠（包括製料、製漿）十日，一共一月。上海，侄最近無暇去，船票價也無法問得。前寫信託同學問，但迄無回音。侄恐耽延時日，匯款屆時不能到，故侄之意，能否請老伯賜匯一部分作買書用，余作路上零用。前次匯款來三千六百萬，侄已用去，所剩無幾。目前物價衡之想不為多。因米潮，船沿途停泊時日多，用費恐亦不少。又重慶公司方面負責現係何人？亦祈老伯賜函介紹，以便前往接洽。專此敬叩

金安！

別任　明毅稟

九月一日

圖 17　王明毅寫給李劼人的信

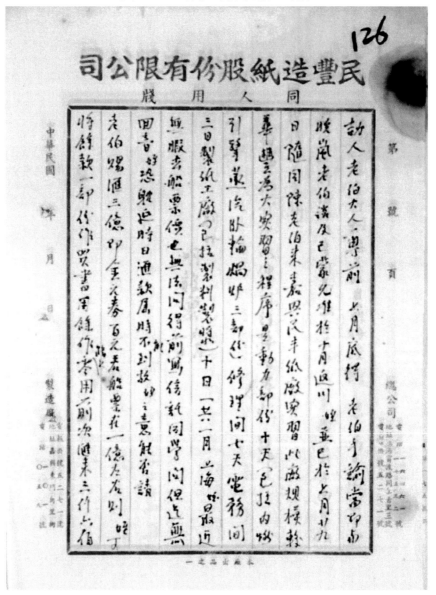

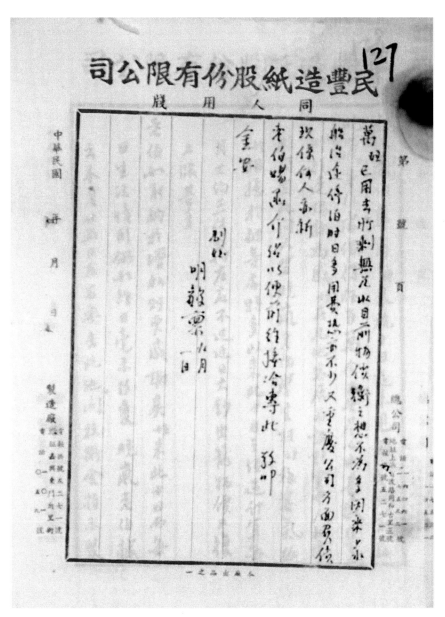

　　王明毅的信是 1947 年去民豐紙廠實習期間寫給李劼人的。

　　從一來一往的兩封書信可以看出，李劼人對於王懷仲的兒子關懷備至，在經濟上予以支助，在學業上細心指點，在生活上提供幫助。1948 年王明毅學成回川，繼承父業，在嘉樂製紙廠擔任技術指導，中華人民共和國成立後做了工程師。

圖18　嘉樂紙廠發給王明遢的股票憑證

3. 其他發起人

圖 19　1937 年的嘉樂紙廠資產負債表

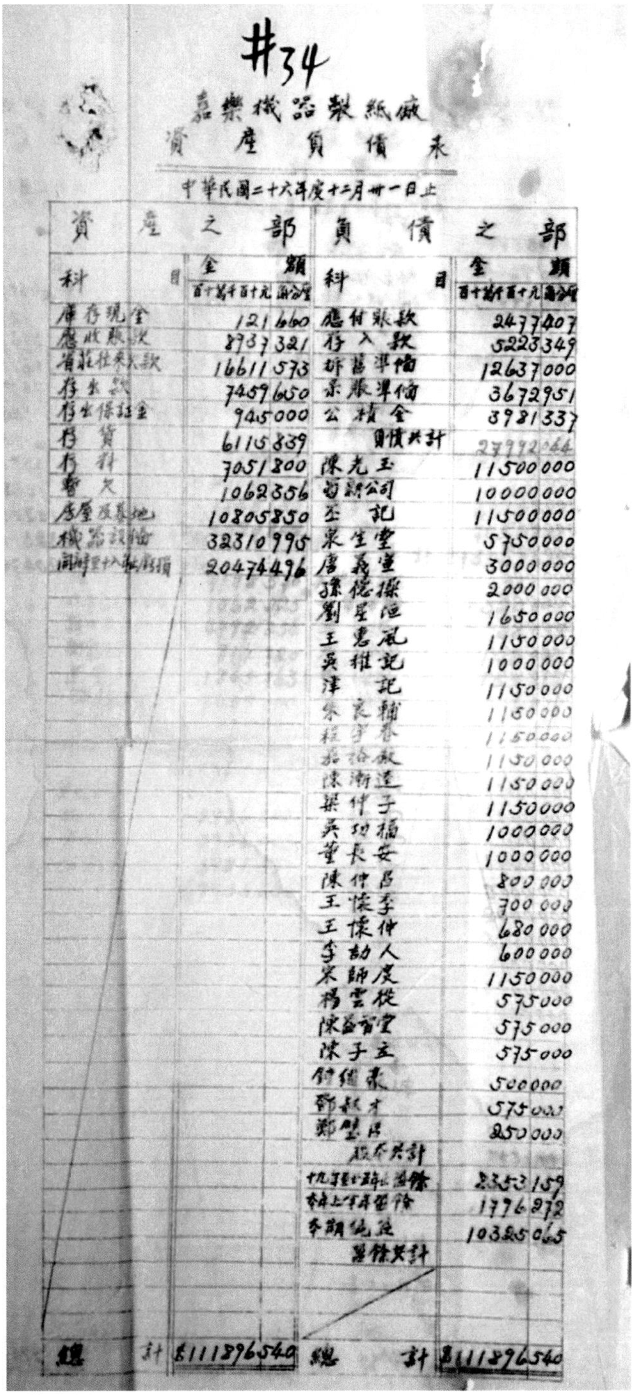

　　1937 年嘉樂製紙廠向四川省政府申請立案定為嘉樂實業有限公司之前，專門進行了資產清算。在上圖所示的清算表上，赫然有著幾個發起人股東的投資金額：劉星垣 1650 元，朱良輔 1150 元，程宇春 1150 元，王懷仲 680 元，李劼人 600 元，宋師度 1150 元，楊雲從 575 元，陳子立 575 元，鍾繼豪 500 元，鄭璧成 250 元，總共有 8280 元，占實際投資股本的 13%。發起人持股比重雖然不大，但是持續時間最長，為了嘉樂紙廠的發展、繁榮、堅持出力最多。

　　王懷仲為嘉樂紙廠甚至獻出了自己的生命，程宇春則把自己的養子程雲集帶進了嘉樂，程雲集後來成為公司的得力幹將：1938 年程雲集當選董事後，後成為總經理協理，1948 年梁彬文去世後成為繼任總經理。劉星垣在 1945 年嘉樂資金陷入困窘的時候私人借貸 500 萬給公司，李劼人除了長期為了嘉樂的發展奔走操勞外，還一直在堅持投資給嘉樂，真可謂嘔心瀝血。而到 1948 年股東登記時，李劼人名下有「李劼人」1912 股，「楊叔裙」（李劼人之妻）100 股，「李遠山」（李劼人之女）120 股，「李遠岑」（李劼人之子）120 股，共擁有嘉樂製紙廠股份有限公司股票 2252 股，劉星垣名下有「劉星垣」684 股，另外還有「有餘堂」40 股，「天祿堂」716 股，「五福堂」20 股，「天錫堂」200 股，共擁有公司股票 1660 股；朱良輔擁有 326 股。鍾繼豪的股票最能夠體現嘉樂紙廠股份的歷史變遷。鍾繼豪只是成都郵政總局的郵務員，1925 年以多年工資積餘的 500 元入股，在第二次發起人會議上投入，當時的收條為臨時收股第一號，擁有 10 股。1939 年到嘉樂製紙廠工作後加了 4 股，二十多年間，股票以得股紅息升資加股，截至 1952 年股東登記時，持有股票為 92 股。

　　李劼人與這些發起人也是私交甚篤。1931 年李劼人是向劉星垣借款一千元才贖回了自己被綁架的兒子；朱良輔做文物、字畫、古董生意時，李劼人是常客。鍾繼豪長期擔任嘉樂製紙廠股份有限公司的董事會秘書，公司很多文稿都是由他起草或者修繕的。現存的嘉樂股東大會、董事會、常務董事會會議記錄 1939～1944 年間基本都是由他整理記錄的，李劼人只需要放心地簽上名字就可以了。

　　而鄭璧成、宋師度投資嘉樂紙廠在先，後又在民生公司成立時加入並服務於民生公司。李劼人 1933 年去民生機器修理廠任廠長時，與宋師度、鄭璧成又成為了同事。三人都與盧作孚熟絡，盧作孚對於嘉樂紙廠的特別關照，也有他們的原因：1925 年盧作孚作為發起人之一參與了第一次發起人會議，後來回去開辦自己的實業而並未向嘉樂紙廠投資入股，但也在幫助尋找合適

的投資者，比如孫少荊、俞鳳崗；1935 年 10 月，盧作孚任四川省建設廳廳長時，為嘉樂紙廠擴大規模、提高產量除了發文要求整改外還專門派了技術人員駐廠幫忙，解決了嘉樂紙色澤暗黑的問題——採用的井水鹼性太重，後來改成河水後色澤有了很大改善，並籌備在四川建設一大型紙廠，不過這一計劃因為他的離任而擱淺了；1936 年在重慶時設法幫助嘉樂紙廠搞到機器運輸免稅證〔註51〕；1946 年還曾與李劼人、永利城廠創辦人范旭東、金城銀行經理戴自牧等商議合作在四川建設一大規模的紙廠，可惜因為范旭東的去世而作罷。

也許，盧作孚心中始終有一個遺憾，就是在成都第一次發起人會議時都表示要參加，而後來因為種種原因而作罷。雖然他沒有投資，但是他以他的實際行動支持了李劼人及其同人創辦實業，機器造紙的重要性他是充分認識到了的。

（二）軍政界股東

在嘉樂紙廠的股東名單中，有曾經做過建設廳廳長的何北衡，有做過省政府秘書長的李伯申，有官至國民政府行政院副秘書長的梁穎文，有青年黨領袖並且曾被任命為國民政府行政院政務委員兼經濟部長（因病未赴任）的李璜等等國民政府官員，也有田頌堯、孫震、董長安、李煒如這些川軍將領。在歷史的檔案卷宗裏，我們努力發掘出把這些人都吸引到了嘉樂紙廠這樣一個小小的機器造紙廠的真正原因。

1. 孫震

在李劼人《說說嘉樂紙廠的來蹤》〔註52〕一文中，清楚地交代了嘉樂製紙廠建廠之初約股五萬的來龍去脈：陳宛溪和張富安各認股一萬元，陳宛溪負責在樂山募股一萬元；另外兩萬元由李劼人和王懷仲負責在成都和眉州募股。然而，在樂山市檔案局保存的嘉樂製紙股份有限公司的檔案中，卻有這樣一份檔案，上邊清楚地寫著當時還有一位大股東——孫德操。究竟誰是誰非？

〔註51〕 1936 年 7 月 19 日，盧作孚在寫給朱樹屏的信中提到「運嘉樂紙廠機器免稅證請速交李劼人」，參見黃立人主編，項錦熙，胡懿副主編：《盧作孚書信集》，成都：四川人民出版社，2003 年，第 529 頁。

〔註52〕 李劼人：《李劼人全集·散文》（第 7 卷），成都：四川文藝出版社，2011 年，第 310 頁。

圖 20　嘉樂紙廠一批股東名單

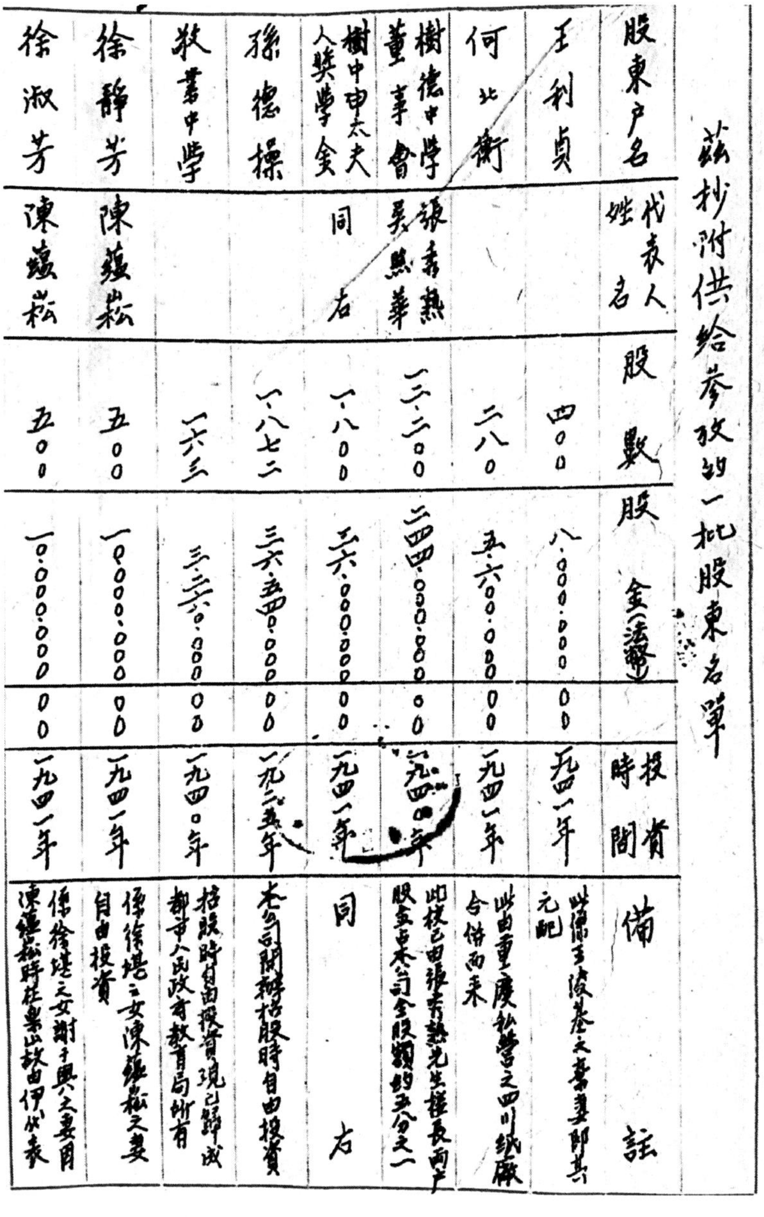

茲抄附供給參攷的一批股東名單

股東戶名	代表人姓名	股數（股）	金額（元）	投資時間	備註
王利貞		四〇〇	八,〇〇〇.〇〇〇.〇〇	一九四一年	以備王漢嘉養文菱姜卿其
何北衡		二八〇	五,六〇〇.〇〇〇.〇〇	一九四一年	以由重慶私營之四川紙廠今恃而來
樹中申太夫人獎學金	同右	一八〇〇	三六,〇〇〇.〇〇〇.〇〇	同右	即樹己四孫天熱先生擇良而戶……股東本公司金股觀的五分之一
董事會	陳青熱	二二〇〇	四四,〇〇〇.〇〇〇.〇〇	一九四一年	
樹德中學	吳照華	一八〇〇	三六,〇〇〇.〇〇〇.〇〇	一九四〇年	本公司開辦招股時自由投資現已歸成都中人因政府教育局所有
孫德操		一八七二	三六,五四〇.〇〇〇.〇〇	一九二五年	招股時因投資自由投資
牧書中學		一六三	三二,六〇〇.〇〇〇.〇〇	一九四〇年	自由投資
徐靜芳	陳藹崧	五〇〇	一〇,〇〇〇.〇〇〇.〇〇	一九四一年	係徐堉元女謝士興之妻目
徐淑芳	陳藹崧	五〇〇	一〇,〇〇〇.〇〇〇.〇〇	一九四一年	係徐堉元女謝士興文妻月陳藹崧即在此校由伊代表

　　在這份為了公私合營重新登記股份，專門抄寫的一部分供作參考的股東名單裏，股東孫德操擁有 1872 股，入股時間為 1925 年，投資金額為 36，540 元。檔案明顯有誤：孫德操的投資時間不可能是在 1925 年，因為那時總股份 5 萬元，投資最多的兩個股東一個是陳宛溪，一個是張富安，各出了 1 萬元。那麼孫德操究竟是什麼時候投資的呢？在拂拭歷史塵埃、追根朔源時，有了驚

人的發現：首先是孫德操入股時間應該是在 1937 年；另外「孫德操」名下最後的股數也不是 1937 年最初入股的股數，而是最後的股份數額 1827 股，檔案上錯誤寫成 1872 股。而在這份檔案中，更為驚人的發現是：持有 12，200 股的樹德中學董事會和持有 1800 股的樹中申太夫人獎學金，也是孫德操名下的，而另外一個擁有 2，538 股的孫靜山就是孫德操的兒子。四個名下的股數合在一起，股份數為 18，365 股，而 1942 年嘉樂製紙廠股份有限公司的總股數才十萬股〔註53〕，孫家幾乎佔了五分之一。

孫德操是誰？何以會以鉅資投入嘉樂製紙股份有限公司呢？

孫德操，就是抗日川軍名將孫震將軍，其之所以會以鉅資投入嘉樂製紙股份有限公司乃是因為其與嘉樂製紙股份有限公司的董事長李劼人的關係。

1927 年，李劼人通過好友魏時珍結識其蓬安同鄉湯萬宇〔註54〕。在湯萬宇家中與當時的四川國民革命軍第二十九軍副軍長兼第五師師長的孫震相識。年紀相仿且抱負相近使兩人成為莫逆之交。李劼人曾經這樣評價孫震：「孫先生為人淡泊，待人並不以功利，此足尚也。」〔註55〕李劼人是有感而發，因為孫震在 1930 年李劼人因生活所迫，舉債 300 元開「小雅」麵館時，力勸李劼人堅持文學寫作，並表示願意聘請他為顧問，每月支付顧問費用保證其生活。李劼人雖然拒絕了，但是推薦了其麵館的夥計——貧窮大學生鍾朗華，孫震果然一直資助其讀完大學。在清華求學後來在川大教書的王介平，也是由李劼人推薦給孫震資助的。

嘉樂製紙廠在抗戰前因為技術、設備落後、紙張產量不高而經常停產，而抗戰時因為洋紙停運、政府政策扶持而帶來發展契機。嘉樂製紙廠董事長的李劼人在 1937 年抓住契機，增加投資，購買機器，擴大生產。基於對於李劼人的信任和支持，孫震也就是在那時借給嘉樂製紙廠 2000 元（1940 年按照每股 50 元，折合股數為 40 股）。

樹德中學又與孫震有怎樣的關係呢？

〔註53〕見樂山市檔案局檔案 5-1-910 卷，在 1942 年的股東名冊上清楚寫有新舊股東 376 戶，股數十萬股。
〔註54〕湯萬宇（1891～1974），保定軍官學校畢業，歷任前川軍第四師團長及二十九軍參謀長，於 1935 年春退休。在嘉樂紙廠 1951 年的股份登記中顯示，他持有股份 227 股，入股時間是 1938 年。長期擔任公司常務董事。
〔註55〕李劼人：《李劼人全集·書信》（第 10 卷），成都：四川文藝出版社，2011 年，第 23 頁。

孫震一生有兩大功績：一是抗日衛國，一是辦學興教。作為一名軍人，當國家有難時，他挺身而出。抗戰爆發後與鄧錫侯一起帶兵出川抗戰，孫震任二十二集團軍副司令，鄧錫侯任總司令。1938 年 1 月，劉湘病死於漢口，蔣介石調鄧錫侯回四川，孫震繼任二十二集團軍總司令，在晉東一帶指揮部隊與日作戰，阻敵西進。1938 年 3 月中旬徐州會戰中，與日軍血戰於滕縣，滯敵前進，保證了臺兒莊大捷。1939 年 5 月，被授予陸軍上將軍銜。

而作為一名有識之士，孫震還有一大業績是辦校興學。從 1929 年陸續在成都辦了四所樹德義務小學之後，1932 年又興辦了樹德中學初中部，1937 年增設樹德中學高中部。1940 年在樹德中學校慶十年的發刊詞中，孫震這樣表述了其辦學興教的初衷：「深憾貧寒未竟所學，爰斥歷年俸公，及長官所予者，約集熱心教育之各同志，共同創辦樹德學校。小學初中高中，次第成立，徵費較輕，管理較嚴，聘師極慎，取士必端，所有優待及獎學諸辦法，均詳定章則，凡可為勤苦學子謀者，靡不殫竭心力以赴。誠以處此時艱，寒峻讀書，決非易事，而建國之際，國家社會，需才又極急迫，不能因其無力深造，致使梗楠杞梓，委於岩壑以老，是以珍重護惜，加之規矩準繩，俾皆呈材奏能，蔚為國用，樹木樹人之喻，亦即震之素志也。」〔註 56〕資助寒門子弟讀書，為國家社會培養可用之才，這就是孫震散盡家產而傾心辦學的志向。據說，孫震在出師抗日前夕曾立下遺囑：「兒子孫輩，不得動用學校基金分文，只能當一名常務董事。」〔註 57〕其長子孫靜山是樹德中學的常務董事，但是「樹德中學董事會」的基金一直是由任蒼鵬（孫震的軍部經理處長）、吳照華（樹德中學校長）管理的，中華人民共和國成立後吳照華到了嘉樂紙廠，樹德中學的代表人為張秀熟〔註 58〕。

及至 1942 年，孫震在嘉樂製紙股份有限公司的四個賬戶，總股額 18,365

〔註 56〕 http://blog.tianya.cn/post-206985-52097608-1.shtml

〔註 57〕 劉步超：《憶抗日將領——孫震》，載中國人民政治協商會議四川省崇慶縣委員會編：《崇慶文史資料選輯》（第 3 輯），第 40 頁。

〔註 58〕 張秀熟（1895～1994），平武縣人。1916 年秋考入成都高等師範學堂，1919 年任全省學生聯合會執行部理事長。1924 年在成都高師附中任教，與李劼人相熟，旋去重慶任劉湘督辦署參議。1925 年 9 月在成都高師附中任教並兼省立第一師範課程。1950 年 1 月來成都川西區黨委接上組織關係，被派去樹德中學任校長。8 月任川西文教廳長。1953 年後任四川省教育廳長。歷任四川省副省長、四川省人大常委會副主任、四川省志編委會副主任、四川省古籍整理學術委員會主任等職。

股，股金為 918,250 元。如此巨大的款項都投放於嘉樂製紙股份有限公司，這也皆賴於孫震對於董事長李劼人的信任。而孫震的巨額投資並不是為了一己私利，而是以股息作為辦學經費，實現的是其教育興國的理想。

李劼人雖然沒有孫震那樣的財富能夠建校辦學，為國家培養社會棟樑之材，但是在嘉樂製紙股份有限公司有了盈利時馬上撥出專款特設「文化事業補助金」來資助文化團體、大中小學、職工求學，回報國家、效力社會。其中樹德中學也收益不菲，尤其是在抗戰後法幣不斷貶值，義務辦學舉步維艱的時候，嘉樂製紙股份有限公司仍然在力所能及的前提下，力保樹德中學的辦學經費。

武將孫震，作為一個受教育程度不高的軍人，熱心義務教育，在戰場上用身軀為國而戰，在戰場下傾其資產辦學校，為國樹人；文人李劼人，以實業救國，嘉樂製紙股份有限公司的紙張滿足了抗戰期間四川用紙的需要，以實業資助文化事業，實踐其由實業到文化的雙救國理想。一文一武，亦文亦武，借助嘉樂紙廠和樹德中學這樣的兩個平臺，孫震和李劼人譜寫出了一段民國教育傳奇和愛國救國佳話。

2. 其他軍人股東

在嘉樂製紙廠股份有限公司裏，像孫震這樣的有著軍人背景的股東並不少。

> 跟著就偕同宛溪先生進城去會見有力量的張富安先生，以及當時的郵政局局長，為人極其幹練而通達的陳漸逵先生，以及任過旅長而毫無氣息的陳紫光先生，於是機器造紙一事，便漸漸轉為了一時的談資。〔註59〕

李劼人初到樂山尋找投資者的時候，陳宛溪帶領他去見的張富安曾經是第四混成旅旅長，當過第二十一軍財務統籌處處長，1928 年任過嘉樂紙廠的經理，隨著陳宛溪的去世，對於機器造紙心灰意冷而退出。到 1938 年的股東登記時，只剩下 80 股了，1936 年張富安去世，他的股票代表人是他的兄弟張仲銘。張仲銘持有嘉樂製紙廠股份有限公司 2260 股，在 1943 年後長期擔任公司的董事。陳子光 1937 年被推舉為嘉樂紙廠的經理。

另外還有鄧錫侯、田頌堯、董長安這些大小川軍將領都曾入股嘉樂，成為嘉樂董事。

〔註59〕李劼人：《李劼人全集·散文》（第 7 卷），成都：四川文藝出版社，2011 年，第 310 頁。

圖21　田頌堯致嘉樂紙廠信件（1943 年）

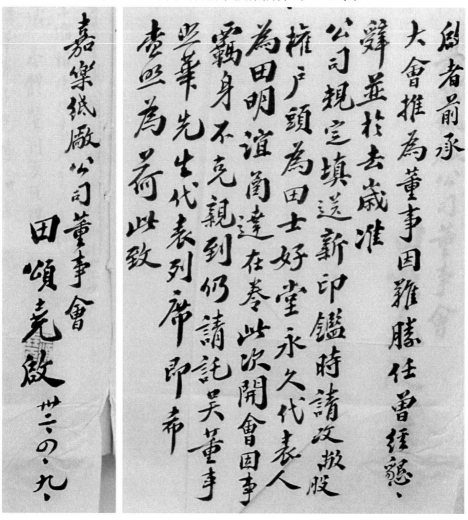

啟者：

　　前承大會推為董事，因難勝任，曾經懇辭，並於去歲准。公司
規定填送新印鑑時，請改敝股權戶頭為田士好堂，永久代表人為田
明誼，函達在卷。此次開會因事羈身，不克親到。請託吳董事照華
先生代表列席，即希查照為荷。此致

嘉樂製紙廠股份有限公司董事會

田頌堯

卅二・四・九

圖 22　嘉樂製紙廠股份有限公司股東田士好堂登記表

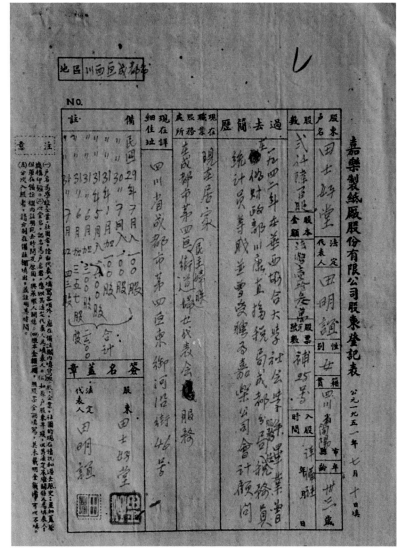

　　1942 年嘉樂製紙廠股份有限公司因公司發展壯大而事務繁雜，需要更多的有力量的人加入，決定增加董事六人，增加董監一人，田頌堯就是六人中的一個。出席過幾次董事會，積極倡議並促成嘉樂製紙廠股份有限公司總公司遷往成都。後來，田頌堯辭去董事一職，田明誼擔任了公司的會計顧問。在 1951 年的股東登記中，田明誼詳細記載了田頌堯的入股情形：1940 年 7 月入股 100 股，1941 年 7 月入股 100 股，1942 年 1 月加股 100 股，5 月入股 1600 股，6 月加股 657 股，7 月加 43 股，共計 2600 股。

而鄧錫侯的股份是以其兩個兒子鄧華民、鄧亞民的股份而存在的：

鄧華民 1964 股（本為 1864 股，在 1944 年買下楊端六的股份 100 股就成為 1964 股了），鄧亞民 576 股，總共有 2540 股，入股時間是 1940 年，而鄧華民從 1940 年開始就成為嘉樂製紙廠股份有限公司的董事了。鄧錫侯在自己的家鄉綿陽興學辦教，嘉樂製紙廠的文化補助金就曾捐助他創辦的綿陽小學。

前旅長謝勰哉也是長期擔任嘉樂紙廠的董事，在樂山期間，很多次董事會議都是在謝公館中召開的。在 1951 年的股東登記中，謝勰哉是這樣填寫的：股數 476 股，股票號數為 99 號，入股時間為 1938 年。個人經歷為：前川軍第八師營團旅長，於 1924 年退伍從事工商業經營，在嘉裕公司擔任董事長職務十餘年，並自辦福寺源鹽廠二十年，歷任本公司董事十一、二年。現任嘉裕公司董事，本公司監察人。

劉足三的股東登記是這樣填寫的：四川銅梁人，股數 200 股，股票號數 163 股，入股時間 1941 年 3 月 3 日。歷任田頌堯部參謀、參謀長、團長等職，1934 年離職居家裏，不過問政治。中華人民共和國成立後一直協助政府為人民服務，參加公債、寒衣捐退押等工作，現任成都市第三區人民代表，七縣農協第三區賠罰分會委員。湯萬宇介紹。

3. 李璜

李璜，字幼椿，是李劼人在法國勤工儉學時相識相交的好友，同為少年中國學會的成員。不過後期隨著少年中國學會的分裂，李璜與曾琦 1923 年發起組織青年黨，提倡國家主義等，魏時珍也是中國青年黨成員，其所辦的私立川康農工學院和所代表的敬業中學都與青年黨有著緊密聯繫；李劼人、周太玄等代表的就是實業救國、教育救國派。儘管個人的政治抱負不同，但是秉承的是相同的少年中國學會的精神。

李璜同樣是支持李劼人實業救國的選擇的，以李幼椿夫人王恩蕙的名義購買紙廠購票：

> 頃接李董事長來函，稱王恩蕙股東向之聲說，其所有股權此後
> 請以李幼椿為法定代表人。希即查照辦理為荷。此致
> 嘉樂製紙廠公司
>
> 　　　　　　　　　　　　　　　　張真如字
> 　　　　　　　　　　　　　三十三年三月十八日

圖 23　張真如致嘉樂紙廠函（1944 年）

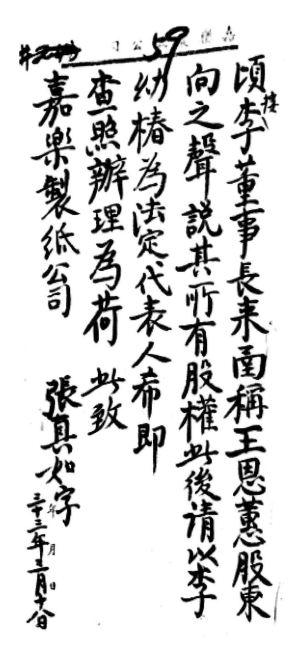

　　張真如與李璜是親戚，張真如的妻子李琦（字碧芸）是李璜的姐姐。在 1951
年嘉樂紙廠股東登記簿上〔註60〕記載有王恩蕙在 1939 年購買了嘉樂製紙廠股

份有限公司 126 股股票，法定代表人是李幼椿。張真如上封信是在嘉樂製紙廠股份有限公司召開股東大會之前所寫的，確定股東身份，便於通知股東參加股東大會。1944 年 4 月 30 日召開了第九屆股東大會，1944 年 5 月 3 日的首次董事會上，新當選的董事會為了集思廣益，商定聘請五位顧問，李幼椿就是其中之一。之後顧問李幼椿介紹王慧齡女士去樂山工廠服務，董事會的處理意見是由工廠負責人決定，並沒有因為是李幼椿的關係就直接決定了。

　　李幼椿股東介紹王慧齡女士在廠服務案：

　　決議：常董會函復，俟臨時股東大會時經理、部門負責人員來蓉商
　　　　　量，視工廠之需要而定。

　　嘉樂紙廠現存李幼椿的信函一封：

　　兆華〔註61〕先生大鑒：

　　　　久違雅教，無任企念，近維起居安善。聞嘉樂公司總經理一職，自劼人兄辭去後，由先生代理，弟等切告欣慰。茲有一事煩清慮，即在重慶之嘉樂分公司中，弟曾介紹一事務員名楊璨如，專任跑街下河接貨交涉等事。任事以來，尚稱勤能。分公司之高副經理伯琛亦認為滿意。乃昨聞有停職之說，弟願先生去函重慶分公司高副經理，囑予保留，不勝感荷。為此小事，弟之所以聿函瀆請者，因弟時常去渝，不能不租屋兩間而止，屋由楊璨如君代弟看管。若楊君去，弟甚感不便。且楊君在渝多年，歷任煤場及商號跑街下河工作。公司之艱難情形，萬不能以私而損於公也。且楊君在□職數月，均係每月暫支伍佰元，此數本不夠生活，其餘乃由弟津貼。尚望先生念弟此種善衷也。重慶分公司若生意須做實，需此種工作人員。聞分公司李會計曾新介紹有事務員加入，可見營業必需。再楊君並無過失，望先生函詢高副經理伯琛即知之。瑣瀆請原鑒。即頌道安。

　　　　　　　　　　　　　　　　　　　　弟李璜手上，六月廿一日

　　雖然信件沒有日期，但是李劼人是 1943 年 4 月辭去總經理一職，8 月復任的。在其辭職期間，總經理職務由新當選的吳照華副董事長代兼，故李璜的信是寫於 1943 年的。

〔註61〕應是吳照華，時任副董事長兼代總經理。

董事中除了軍界和教育界的，還有官方的。以 1945 年的董事為例，李伯申（100 股）為四川省政府秘書長，黃肅方（200 股）為最高國防委員會臨時參政會參政員，而四川省建設廳廳長何北衡（280 股）是監察人。

（三）文化名人股東

除了軍政兩界的實力股東，熱愛文學、熱心文化事業的董事長李劼人更招來了眾多的文化名人。在國立武漢大學西遷到樂山的時候，楊端六、蘇雪林、朱光潛、葉石蓀、劉永濟等教授也入股嘉樂製紙廠股份有限公司。楊端六和蘇雪林在抗戰勝利後回遷之前把嘉樂製紙廠股份有限公司的股票處理了，楊端六的股票由鄧華民收購，蘇雪林的股票（包括她的姐姐蘇淑孟的）由張真如收購，而劉永濟、朱光潛、葉嶠他們的股票一直持有，與其說是借股養息，不如說是對於嘉樂製紙廠股份有限公司的一種支持和肯定。雖然這些股東並沒有留下文字材料表示為何要投資嘉樂，但爬梳剔抉中，我們也不難發現一些端倪。

1. 張真如

張真如（1887～1969），字真如，號丹崖，著名的黑格爾哲學專家。1936年回成都，受聘為四川大學教授兼文學院院長。1937 年 6 月代理四川大學校長。1938 年 12 月 13 日，陳立夫委派程天放接掌川大，要求代理校長張真如立即移交校政。由此引起了川大一場規模浩大的「拒程」運動。當時李劼人也與成都市文化界人士一起聯名發出兩份反程代電，要求立即收回成命。張真如1940 年到國立武漢大學任教，在 1939 年購買了嘉樂製紙廠股份有限公司的股份，從 1940 年起擔任公司董事，1944 年後長期擔任常務董事。

李劼人與張真如關係也很密切，一方面張真如的妻子李碧芸是李劼人在法國留學時的舊識，魏時珍又是兩個人共同的好友，另一方面兩人住宅相鄰，來往方便，李劼人創作《大波》時，張真如還提供了大量的資料，後來張真如回到北京大學教書，彼此常有書信往來。兩人也因為工作關係經常往返於成都、樂山兩地，嘉樂製紙廠股份有限公司的很多事務交流方便。而作為國立武漢大學教授，嘉樂製紙廠股份有限公司的文化補助金資助於國立武漢大學的事項，都是張真如全力負責的。

張真如在這封信中詳細交代了自己購買公司股票的經過情形：

> 德珍堂入股，早在廿八年夏秋間，其時余尚未赴樂山教書也。
>
> 故廿九年在黃華臺開股東會，議決撫恤王懷仲時，余亦在場。廿九

年夏秋間，余加股甚多。蓋弟初離川大時，所有數千元，先曾以一部分投資他處，廿九年夏秋，乃悉數收集投諸嘉樂矣。其後又以碧芸租米賣款陸續投入。先僅德珍堂一戶，後（大約卅及卅一年）又添有張真如、李碧芸兩戶，及（不知何時）張文達一戶。李佩瑤、李如松二戶，亦在卅一年以前加入。究係何時？確記不清。至潤經堂、正義堂二戶，則由蘇雪林轉讓出來。大約是卅三年的事。總之不填年月則已，既填則與前此鬚髮之名冊相合。蓋您我雖失，別人必尚保存。倘被發現前後不符，則將予人以口實也。試詢之湯、魏二公或尚存罷。吳公必有，雲集亦可一詢。此上菱叟先生〔註 62〕大鑒。我的留在北京並未遺失也。

丹崖

廿日晚

圖 24　張真如持股情況說明

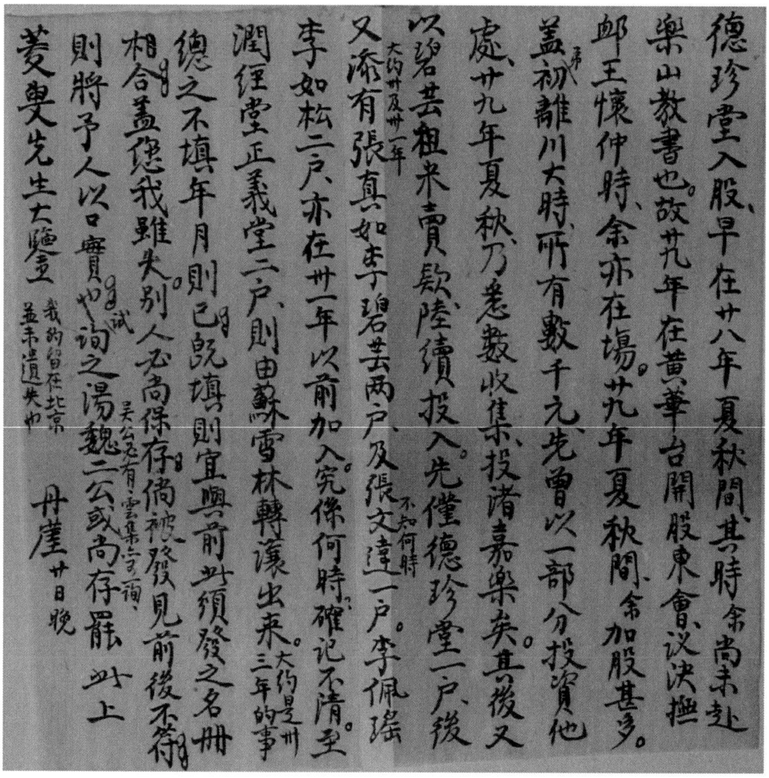
德珍堂入股，早在廿八年夏秋間，其時余尚未赴
樂山教書也。故廿九年在黃華台開股東會，議決撫
郵王懷仲時，余亦在場。廿九年夏秋間，余加股甚多。
蓋弟初離川大時，所有數千元，先曾以一部分投資他
處，廿九年夏秋，乃悉數收集，投諸嘉樂矣。其後又
以碧芸租米賣款陸續投入。先僅德珍堂一戶，後（大約卅及卅一年）
又添有張真如、李碧芸兩戶，及（不知何時）張文達一戶。李佩瑤
李如松二戶，亦在卅一年以前加入。究係何時？確記不清。至
潤經堂、正義堂二戶，則由蘇雪林轉讓出來。大約是卅三年的事。
總之不填年月則已，既填則宜與前此須發之名冊
相合。蓋您我雖失，別人必尚保存。倘被發見前後不符，（吳公必有，雲集亦可一詢。）
則將予人以口實也。試詢之湯、魏二公或尚存罷。此上
菱叟先生大鑒　我的留在北京並未遺失也
丹崖　廿日晚

〔註 62〕菱叟先生即李劼人，因李劼人住宅名「菱窠」，固有此稱謂。

1946 年國立武漢大學回遷，張真如與朱光潛都回到北大教書。臨行前，專門致函給嘉樂總公司，把自己所代表的股票全部託李劼人代管：

收文第 553 號

原件日期 35 年 10 月 15 日，

寄到日期 35 年 10 月 20 日

逕啟者：

敝人所有及所代表戶口共七戶即張真如、李碧芸、德珍堂、潤經堂、正義堂、李佩瑤、李如松、張文達。此後愚二人將離川，除張文達一戶由其自行料理，或委派代表外，其餘七戶所有一切權利、義務均請李劼人股東代表。除直接請託外，即請總公司查照登記為荷。此上

　　嘉樂製紙公司

　　　　　　　　　　　　　　　股東張真如、李碧芸

　　　　　　　　　　　　　　　卅五年十月十五日於成都

在 1951 年股東登記時，張真如名下的股票有 100 股，潤經堂名下 97 股，德珍堂名下 550 股，正義堂 20 股；而在李碧芸名下有 28 股，李如松和李佩瑤各 296 股。張真如實際代表的股份有 1387 股。

照華同學仁兄大鑒：

　　手書奉悉並已遵囑交劼、宇兩兄一閱矣。我司董事自以劼兄為宜。公股代表所持態度，法理甚為強固，而事實上亦惟有挽留劼兄，乃能多有裨益也。杜承宣之股轉讓與弟根本無甚問題，然手續迄未辦理清。我司不久即將發放股息，而名冊上仍為杜君之股。若不先行接洽，屆時必略有不便。尤以渠所立售讓約據言明以後應補紅息（過去欠發的）亦歸受讓者領收。而此層尚未為公司所知悉。擬於最近致函董事會聲述，屆時請為留意。端肅即致

　　　　　　敬禮

　　　　　　　　　　　　　　　弟張真如手啟

　　　　　　　　　　　　　　　一九五二年九月一日

圖25　張真如致吳照華信件（1952 年）

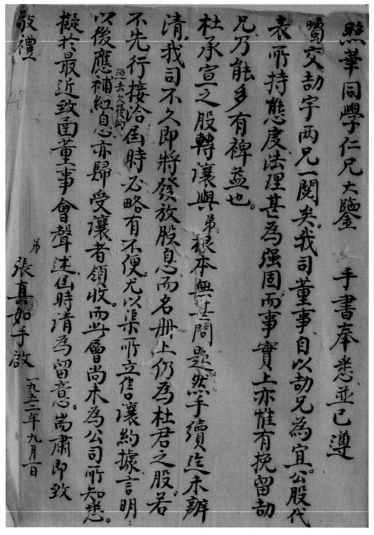

　　在這封寫給吳照華的信函中，張真如表現出了對於李劼人的充分認可。
1952 年 3 月，嘉樂紙廠被批准公私合營了，儘管李劼人當時已經是成都市副
市長了，作為董事的張真如仍然充分相信李劼人會站在董事的立場上為大家
謀福利的。

2. 魏時珍

　　最早將愛因斯坦相對論介紹到中國的魏時珍與李劼人的關係極為密切。
首先，同學關係。李劼人、魏時珍是成都高等學堂分設中學的同學，這個班上
還有周太玄、曾琦、王光祈和郭沫若等人。其次，同為少年中國學會會員，終

身都堅持著少年中國學會的宗旨——本科學的精神，為社會的活動，以創造「少年中國」。再次，親戚。魏時珍的妻子何書芬是何魯之的妹妹，李劼人的表親。另外，兩個人還是成都大學的同事。李劼人要辦實業，建機器造紙廠，目的是以其作為西南文化的基礎。而彼時魏時珍也投身於教育，後來還創辦了私立川康農工學院、敬業中學。無論是辦實業還是創辦學校，宗旨都在於為富民強國。教育救國、實業救國是當時知識分子的共同選擇，借助於嘉樂紙廠這樣一個平臺，兩人的理想都有了實踐的空間和可能。一方面嘉樂紙廠的文化補助金力所能及地給予川康農工學院、敬業中學種種扶持，另一方面魏時珍作為嘉樂製紙廠股份有限公司的監察、董事，積極參與公司事務，為公司的生存發展出謀劃策，盡心盡責。

　　1951 年 7 月 20 日股東登記

　　　　魏時珍，股數 100 股，股票號數補 38 號，入股時間 1947 年 5月 23 日。個人經歷：德國哥廷根大學畢業，歷任同濟大學、四川大學教授，川康農工學院院長，成都理學院院長，本公司董事、反動青年黨中央委員，自 1951 年 1 月 24 日至同年 6 月 23 日參加川西區政訓班學習，經川西區黨委、川西人民行政公署、川西政協、成都市人民政府、成都市政協等核准予結業，靜候分配工作。

　　魏時珍的入股時間應該有誤。因為在 1944 年 4 月 30 日的嘉樂製紙廠股份有限公司第九屆股東大會上，魏時珍就被選為常務董事，之後歷任公司常務董事。在 1942 年 12 月 31 日的股東名冊裏〔註63〕，股東名單裏沒有魏時珍，但是有敬業中學，法定代表人為魏時珍，股數為 163 股，有著夫人魏何書芬的名字，股數是 60 股，有著何香庭（香庭是何書芬的號）的名字，股數為 40 股，法定代表人為何魯之。在 1950 年整理的股東名冊中，敬業中學的名字沒有了，股東名字是魏時珍，股份是 100 股，入股時間是 1940 年；何香庭和魏何書芬的股數不變，登記入股時間是 1941 年。在「李劼人實業檔案識讀」章節裏，有著魏時珍參與股東大會、董事會、董監聯席會議的多項記錄。

　　在嘉樂製紙廠股份有限公司裏邊還有一封魏時珍因事缺席董事會的信件，抄錄如下：

　　　　劼人吾兄：今日午後張表老〔註64〕約英國領事及美大使館秘書

〔註63〕樂山市檔案局 5-1-943。

〔註64〕張表老為張瀾。張瀾字表方，張表老是對其敬稱。

共三人在舍間談話。弟須在家作陪。今日公司之會因不能到，望代請假並乞原諒。此事幸緩傳播，政府中人對此必甚不高興，或藉此又將亂造謠言也。端候午祺！

弟時珍
卅三·六·廿四

圖26　魏時珍致李劼人信件（1944年）

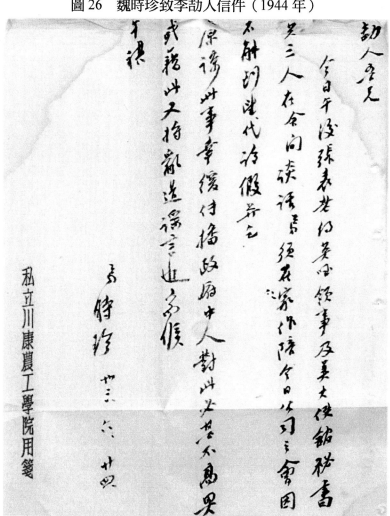

張瀾為何要在魏時珍家裏約見英、美兩國使館人員，遍查《張瀾年譜》[註65]不得。在此抄錄，提供給其他相關研究人員。

〔註65〕謝增壽：《張瀾年譜》，北京：群言出版社，2013年。

　　魏時珍作為公司的董事，在董事會記錄上、在股東大會的提案中、在董監
聯席會議上都經常有參與的表現。

3. 朱光潛

圖 27　朱光潛致李劼人信件（1951 年）

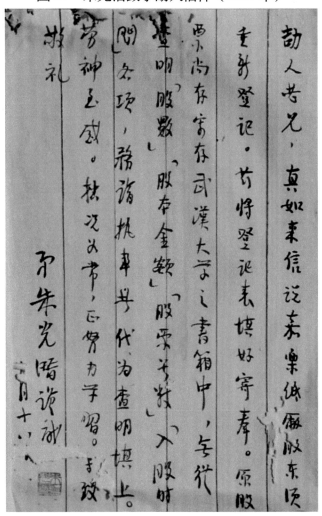

　　這是一封朱光潛寫給李劼人先生的一封信。無論是在朱光潛的研究文獻還
是李劼人的研究文獻中都沒有出現過，這封信現存於樂山市檔案館。信中寫道：

> 　　劼人老兄，真如老兄來信說嘉樂紙廠股東須重新登記。茲將登
> 記表填好寄奉。原股票尚存寄存武漢大學之書箱中，無從查明「股
> 數」「股本金額」「股票號數」「入股時間」各項，務請執事等代為查
> 明填上。勞神至感。拙況如常，正努力學習。專致

敬禮

弟朱光潛謹啟（印章）

□月十八日

儘管信件月份不清，年份不詳，不過，信封上的時間為一九五一年十一月十九日，那麼這封信的寫作時間應該是「一九五一年十一月十八日」。那時李劼人已經被政府直接任命為成都市副市長了。朱光潛估計也想不到李劼人會離開嘉樂製紙廠，出於長期的信任直接拜託給李劼人了。

圖 28 朱光潛信封

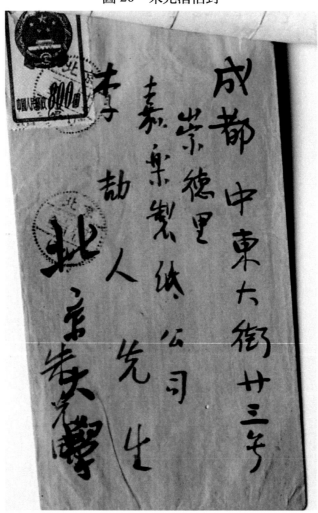

這封信透露出這樣一個信息：朱光潛曾經是嘉樂紙廠的股東。那麼朱光潛是何時、何地入股嘉樂紙廠的呢？其股數又是多少呢？

圖 29　股東名簿（1950）

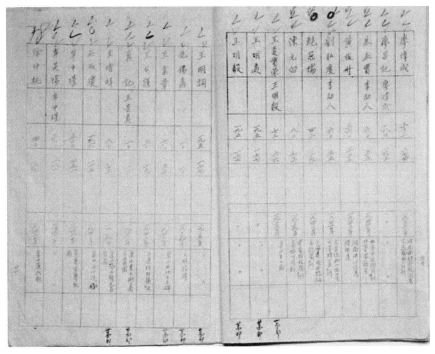

　　從嘉樂紙廠 1950 年股東名冊及審查記錄簿上可以看到，朱光潛的股票購買時間為 1941 年，股數為 60 股。

圖 30　股東名簿（1942）

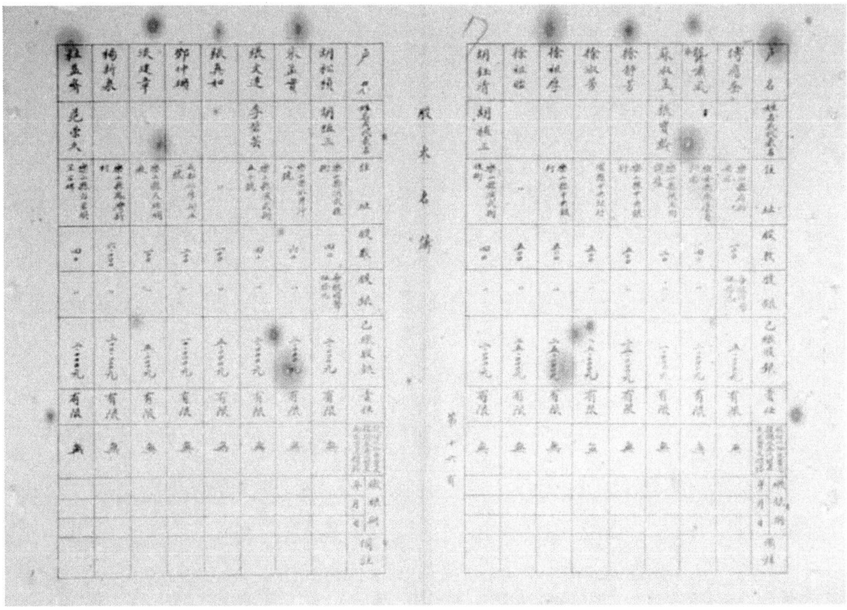

在嘉樂製紙股份有限公司 1942 年 12 月 31 日的股東名簿中，朱孟實的住址是「樂山縣水井沖八號」，這是朱光潛在國立武漢大學教書時的住址。1938 年底朱光潛來到國立武漢大學嘉定校區任教，直至抗戰結束重回北京大學任教，在樂山呆了 8 個年頭。1941 年嘉樂製紙廠股份有限公司決定通過募股增加股本到 150 萬元，朱光潛也就是在那時候花 300 元購買 60 股公司的股票。究竟是出於經濟原因還是因為人情關係，沒有具體史料可查。

如果從經濟因素考慮，朱光潛投資嘉樂製紙股份有限公司而成為股東，60 股的數量未免太少，並且嘉樂製紙股份有限公司這段時間擴股增產，很少分紅。那麼從人情因素考慮，60 股股票的購買是對嘉樂製紙股份有限公司李劼人董事長的認可和支持。朱光潛和李劼人究竟是什麼時候、怎麼相識的雖然無從考證，但是同樣作為愛國知識分子，在抗戰那樣的特殊時期兩人之間應該是有很多交集的。

首先，同作為中華全國文藝界抗敵協會成都分會籌備員〔註 66〕，兩個人應該在文協成都分會成立初或之前就相識了的，更不用說 1941 年嘉樂製紙股份有限公司董事長李劼人把自己的辦公室作為文協會員聚會和活動的地方，兩個人會面的時候就應該更多了。

其次，1938 年底，國民黨教育部部長陳立夫委任程天放取代張頤（也就是朱光潛信中提到的真如）而任國立四川大學校長，校內文學院院長朱光潛、工學院院長魏時珍、農學院院長董時進以及兩天後加入的法學院院長高天宇等院長與校內眾師生公開反對程天放，而校外李劼人也與成都十幾位社會知名人士發表「反程代電」〔註67〕，朱光潛與李劼人應該是同聲相契；後來朱光潛與張真如一起就職於國立武漢大學嘉定分部，而此時李劼人正致力於嘉樂製紙股份有限公司的飛速發展。張真如與李劼人早在 1924 年就相識了，掌管川大時，多次邀李劼人去川大教小說。在抗戰時又比鄰而居，過往甚密。三人在 1939 年齊聚四川樂山這樣一個小城，相互之間的交集應該不少。比如在 1943 年春節期間，李劼人邀請眾好友去他家喝酒，座中人也有朱光潛先生。據傳朱光潛先生當時評論道：「今天酒是好酒，有此好酒，我們才得歡聚，主人是雅

〔註66〕1938 年 3 月 27 日中華全國文藝界抗敵協會在武漢成立，決議徵集全國各地作家入會。五月份姚蓬子寫信給成都的周文，推周文、李劼人、朱光潛、馬宗融、羅念生等為成都分會籌備員。

〔註67〕參見中國人民政治協商會議四川省委員會四川省省志編輯委員會編：《四川文史資料選輯》第 13 輯，1964 年，第 58～59 頁。

士，罰是雅罰，弘度先生止酒，是我們聚飲之幸，有此三闋《浣溪沙》，足以使劼人先生的酒香長留天地間，弘度先生用典堪稱絕妙，當世詞家恐怕無人能敵。」〔註68〕而在 1944 年，國立武漢大學的黃方剛教授去世，嘉樂製紙股份有限公司從文化補助金中劃撥出一萬元設立「黃方剛先生獎學金」，時任教務長的朱光潛是這筆捐款的保管者之一。

有了這樣的相交、相知，才有了後來朱光潛把自己的股票全權委託給李劼人代管。這在一定程度上可以肯定：在朱光潛心目中，李劼人是一個可以信賴的朋友。

圖 31　朱光潛委託書 1

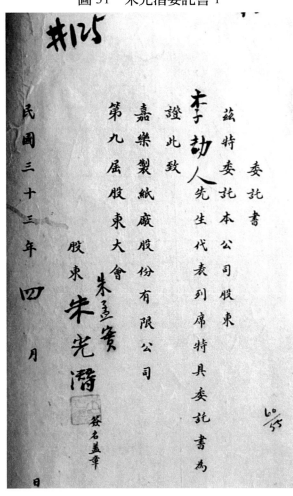

〔註68〕王攸欣：《朱光潛之樂山交遊及其學術轉向》，《中國現代文學研究叢刊》2011年第 7 期。

　　抗戰結束後，國立武漢大學遷回武漢。朱光潛重回北大任教。人雖然離開了，但是他沒有像蘇雪林一樣把股票直接轉賣給張真如，而是一直持有嘉樂製紙股份有限公司的股票。朱光潛寫給李劼人的那封信，正值嘉樂紙廠公私合營階段。1951 年，按照國家《企業中公股公產清理辦法》的規定，樂山交通銀行對於嘉樂紙廠的股東進行股權清理，這才有了股東身份、股數、股權、入股時間的重新登記、審查。1953 年嘉樂紙廠完成公私合營，在 4 月召開了第一屆公私合營的股東大會。李劼人因當選為成都市第二副市長而投身於成都的建設中，由此脫離了為之付出 27 年精力的嘉樂紙廠。而朱光潛也早在 1951 年專門函告嘉樂董事會，長期委託 1948 年從北大告老回川的張真如全權代表其股東身份。

圖 32　朱光潛委託書 2

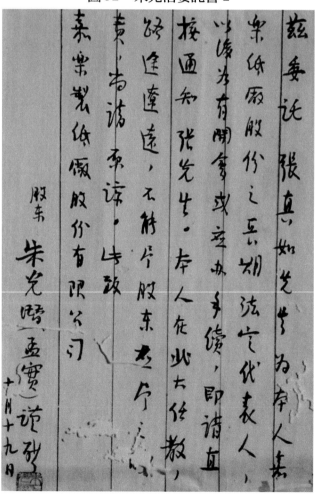

朱光潛 10 月 19 日委託書

兹委託張真如先生為本人嘉樂紙廠股份之長期法定代表人，以後若有開會或應辦手續，即請直接通知張先生。本人在北大任教，路途遼遠，不能盡股東應盡（職）責，尚請原諒。此致

嘉樂製紙廠股份有限公司

股東　朱光潛（孟實）謹啟

十月十九日

4. 劉永濟

劉永濟（1887～1966），現代著名的古典文學專家，在屈賦研究方面創獲甚多並獨樹一幟，其研究成果也為國內外學者所推重。在嘉樂紙廠的檔案卷宗裏，存有劉永濟的兩封書信，抄錄如下：

信件一：

劼人、真如兩兄先生執事：

襄聞真如兄談及貴廠諸公每年有襄助文化事業之舉，高懷遠識至用欽佩。兹有懇者湖南私立明德學校，自設立迄今垂四十年，實為國內最早開設之中學校。其剏立之人為攸縣龍芝生（湛霖）、茶陵譚組庵（延闓）及湘潭胡子靖（元倓）。而子靖先生畢生精力悉集此校，亦國內不易多覯之人物。其剏立之原乃鑒於清末甲午、庚子兩次外侮及戊戌政變之內禍，謂非開通民智、改革教育不足以圖存。兹與其締造之艱難亦有非。今日所得盡言者，乃自長沙三次大戰所有校舍悉成灰燼。明德同人緬思前賢剏設之苦心，不可令其湮滅。爰當四十週年之際，共發大願重建斯校。以永濟亦明德一分子，又曾先後與主持諸公從事其中，乃以募集建校基金相委。餘兩兄為川中賢豪長者，必能慨為相助。乞以鄙意轉懇貴廠諸公俯鑒微忱、從豐相贊，俾諸公夙昔倡導文化事業之雅志，與明德學校同垂千禩，亦盛事也。用特屢陳，不勝屏營待命之至。端此肅頌

大安！

弟劉永濟敬啟

二月十二日

附呈捐冊一本及明德董事會及學校致弟緘三紙

圖 33　劉永濟致李劼人、張真如函

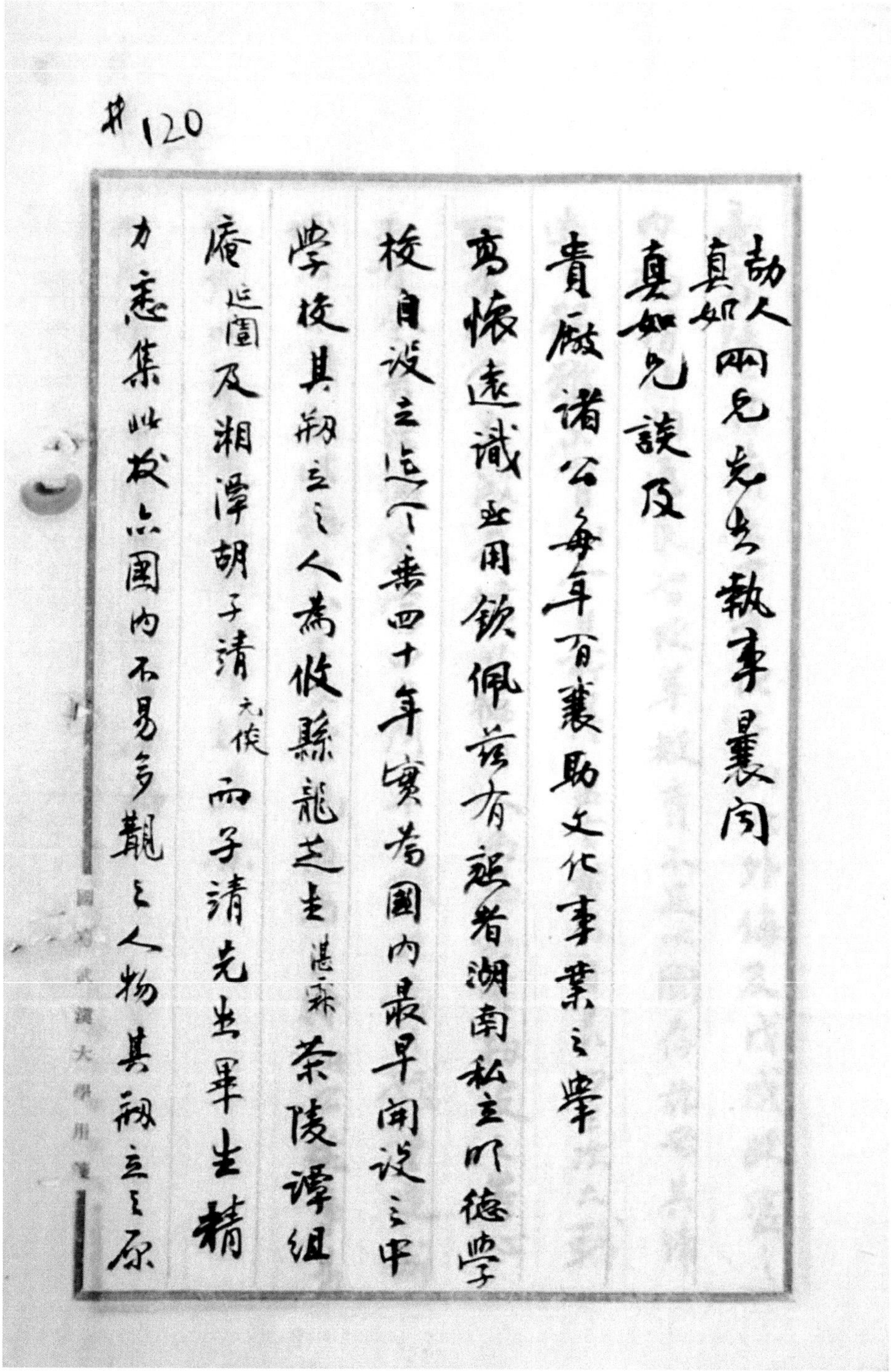

#120

劼人兩兄先生執事暨同

真如

真如兄談及

貴廠諸公每年百萬助文化事業之舉

高懷遠識並用欽佩芘有延者湖南私立明德學

校自設立迄今垂四十年實為國內最早開設之中

學校其辦立之人為攸縣龍芝生慧森茶陵譚組

庵延闓及湘潭胡子靖元倓而子靖先生畢生精

力悉集此校点國內不易多覯之人物其剏立之原

意乃肇於清末甲午庚子兩次外侮及戊戌政變之

內禍謂非開通民智改革教育不足以圖存亦若其端

造之艱難亦復如今日所得盡言者乃自長沙三次之戰

所有校舍盡成灰燼以德日人值恩舊憤桝設之苦心

不可令其湮滅爰當四十周年之際其義士願重建斯

校以永濟惟以德一勞予又曾先後與主持諸公從事其

中乃以芳業建校基金相囑余

兩先喬山中陝豪長者必勖

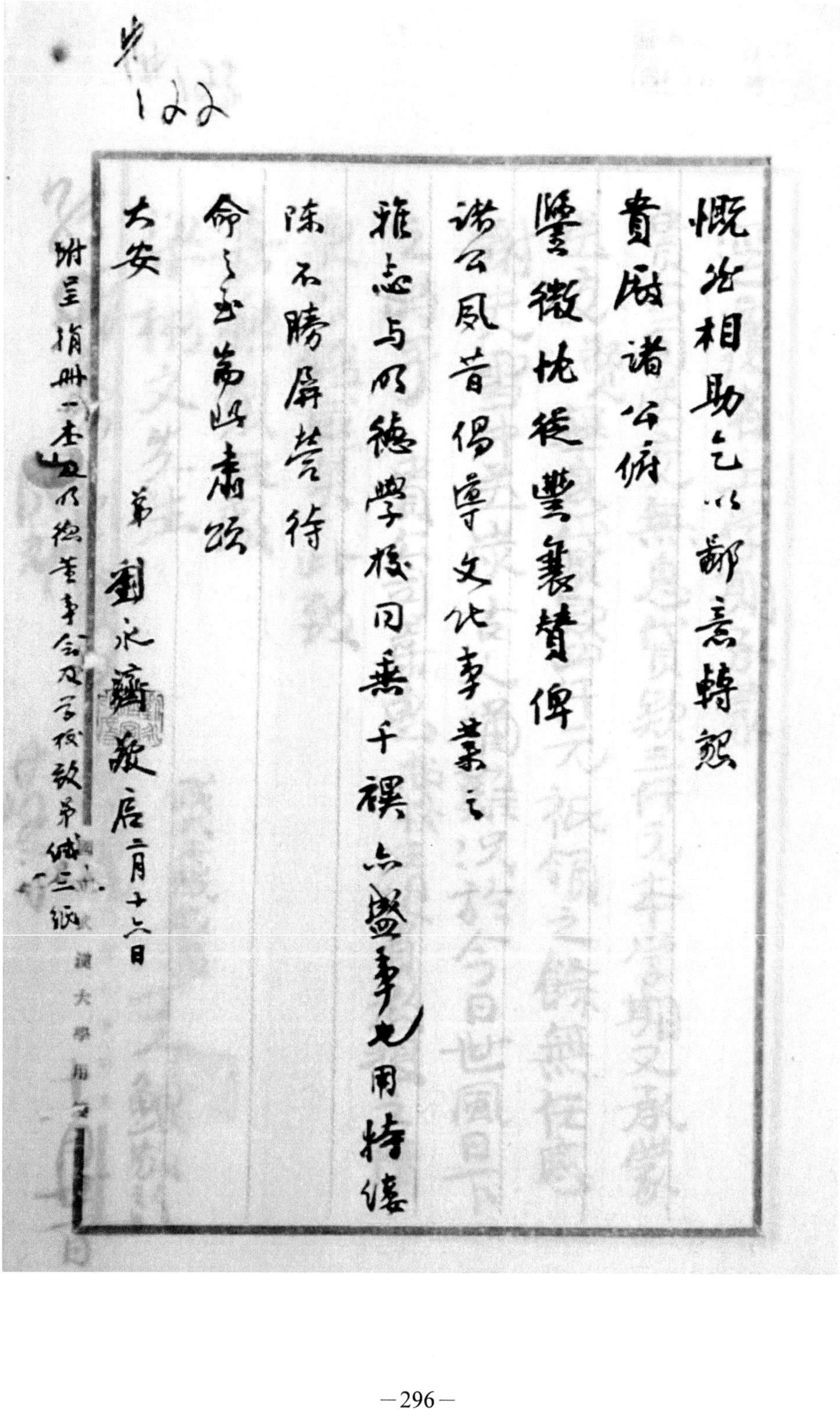

慨然相助乞以鄙意特懇

貴處諸公俯

營微忱從豐纂贊俾

諸公風誼偉導文化事業之

雅志与以德學校同乘千禩此盛事也用特懇

陈不勝屏营待

命之至萬此崇頌

大安

劉永齊頓启二月十六日

附呈捐册一本煩作德董事會及學校致謝俱三纸

這封信是劉永濟先生寫給李劼人和張真如二位先生的，為的是明德學校募集資金復校一事。

明德學校〔註69〕在民國時期享有「北有南開，南有明德」之美譽。該校創建於 1903 年，創建之初取名為明德學堂。刑部侍郎龍湛霖任總理，胡元倓任監督，教師有劉佐楫、張繼、蘇曼殊、黃興等。民國元年（1912），明德學堂與經正學堂合併，稱明德學校，校長胡元倓。民國十六年（1927），建立校董會，推譚延闓、張繼、陳果夫、胡元倓等 18 人為董事，譚延闓任董事長。抗戰時期，明德學校在 1938 年遷湘鄉霞嶺繼續辦學，後因戰場推移，先後遷至衡山曉南港、安化藍田、樟梅鄉等處。1943 年明德學校四處募集建校基金，直至 1946 年 3 月，明德學校才遷回長沙舊址。在八年流徙中，明德學校共辦初中 18 個班，畢業生 534 名，高中 17 個班，畢業生 573 名，其中有三人後來成為中國科學院院士。

劉永濟先生寫給李劼人、張真如二位先生的信函應該是在 1944 年，流徙中的明德學校為了復校而四處募集建校資金。為何推斷是 1944 年呢？劉永濟先生在同月的 29 號專門寫了一封信函給張真如先生，表示謝意：

信件二

真如老兄先生

暨貴廠執事諸先生惠鑒：

昨承慨捐明德學校建校基金國幣壹萬元，謹謝高誼，順頌

公安！

弟　劉永濟書

二月二十九日

〔註69〕明德學校，創辦於公元 1903 年，初名為明德學堂；1912 年改名為明德學校；1917 年，全國評定十所基礎教育最佳學校，明德位列榜首，當時的教育總長范源濂手書「成德達材」製匾贈給明德，從那時開始，「北有南開，南有明德」便享譽海內外；1918 年，毛澤東同志考察長沙教育時留下了「時務雖倒，而明德方興」的讚譽；1932 年，蔣介石視察明德，和師生合影，題寫「止於至善」四個大字以贈。1951 年改稱湖南省立明德中學，1953 年改稱長沙市第三中學；1984 年恢復明德中學校名至今。明德中學在創辦的 108 年裏，培養了 8 萬多名學生，英才輩出，其中政治家、軍事家、科學家、藝術家等引人矚目者燦若群星。黃興、任弼時、周小舟等政治家，周谷城、金岳霖等文化大師，丁夏畦、俞大光、肖紀美、劉經南、艾國祥等著名科學家，歐陽予倩、蘇曼殊、吳祖光等著名藝術家，都是曾經的明德學子。迄今為止，明德培養了十七位院士，「院士搖籃」之美譽由此而來。

圖 34　劉永濟張真如感謝函

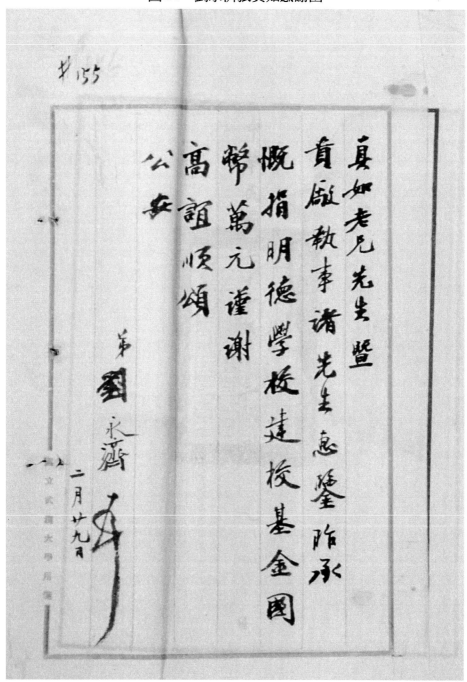

　　能夠有 2 月 29 號，應該是 1944 年。另外一份來自明德學校的收據更是明確標明了時間：

正收據聯

　　茲收到嘉樂製紙公司捐助明德學校復校基金國幣壹萬元，此據。

　　　　　　　湖南明德學校校董會　董事長　張繼（私章）

　　　　　　　　　　　　　　　　校長　　胡邁（私章）

中華民國三十三年三月一日經募人隊長（劉永濟字弘度）（章）

圖35　湖南明德學校收據

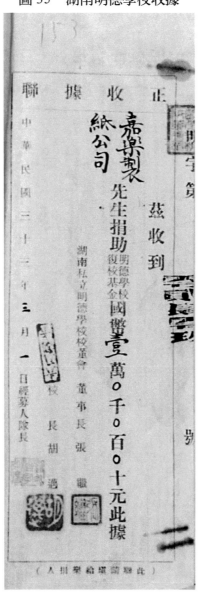

　　從劉永濟先生二月中旬寫信求助到湖南明德學校三月一日就收到捐助款，嘉樂造紙廠的辦事效率真可以稱得上高效。

　　劉永濟先生在 1917 年任明德學校的教師，明德學校的校歌就是劉永濟先生與該校另一名教師黎錦暉先生在 1920 年一個作詞一個作曲共同譜寫的。1940 年劉永濟來到偏居四川樂山的國立武漢大學任教。

　　嘉樂造紙廠是四川樂山一個有名的造紙廠，其董事長就是中國現代文學史上有名的小說家李劼人，而張真如先生當時既是國立武漢大學的教授又是嘉樂造紙廠的常務董事，在嘉樂造紙廠股東名冊中也有劉永濟先生的名字。

圖 36　股東登記冊左側第一列股東「劉弘度」就是劉永濟

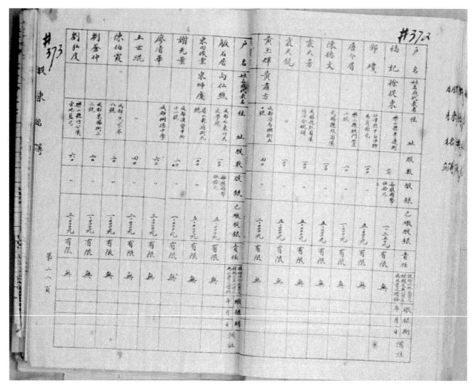

　　李劼人與劉永濟之間並不僅僅是董事長和股東之間的關係，更多的是文人之間的交往。在《朱光潛之樂山交遊及其學術轉向》〔註70〕一文中曾記錄了這樣一段交往經歷：1943 年春節，劉永濟、朱光潛、葉麐、程千帆等均在成都，李劼人得好酒，請他們到其郊外豪宅——菱窠——相聚豪飲。大家都善飲，

─────────────

〔註70〕 王攸欣：《朱光潛之樂山交遊及其學術轉向》，《中國現代文學研究叢刊》2011
　　　　年第 7 期。

但劉永濟當時有病，醫生告知忌酒，因此不敢犯禁，主人李劼人提議：「不飲則要罰，弘度先生善詞，罰即席作詞三首，抵償酒債」，劉永濟胸有成竹，也頗思作詞助興，於是稍作沉吟，一輪酒過，即成《浣溪沙》三闋。在春節之間邀請這些客居的遊子到家中做客，飲酒作詞不僅僅是文人雅事，也是友誼的一種深層體現。

一個工廠與一所學校之所以能夠發生交集，在於其背後的兩個文人——嘉樂造紙廠的董事長李劼人和既是嘉樂造紙廠股東又曾是明德學校教師的劉永濟。國難當頭，李劼人奔走於四川成都、樂山和重慶三地，為嘉樂造紙廠的發展勞心盡力；劉永濟隨著西遷的國立武漢大學客居四川樂山，一方面盡心教書育人和進行學術研究，一方面不忘家鄉的學校，為其能夠復校而奔走費心勞力。劉永濟先生敢於寫信給李劼人、張真如二位先生請求捐助明德學校；嘉樂造紙廠樂於捐助遠在湖南長沙的一所私立學校也就並非偶然，這之中呈現出來的是一代文人拳拳的愛國之心和報國之志。

附：

謹向股東年會推薦第十六屆監察人與第十屆董事候選人姓名機器經歷，如後：

監察候選人：（依筆劃為序）

段純浦，本公司早年在重慶的業務，均由段先生代辦，而本公司重慶及江北地區股東亦多由段先生聯絡，現任嘉裕公司渝分公司經理，住居重慶。

陳曙光，公司設樂山時代，擔任經理有年，曾先後主持辦理華新、德記、岷江等絲廠，住居樂山。

程雲集，溥益煤礦公司經理，歷任本公司蓉分公司經理暨總公司協理、總經理、董事有十餘年的歷史，對於本公司業務、廠務方面情況極為熟悉。其父程宇春先生為本公司發起人之一。住居成都。

董事候選人：（依筆劃為序）

向仙樵，曾任本公司董事及監察人，現任四川大學教授，川西區人民代表會議代表，住處成都。

李劼人，本公司發起人之一。自開廠迄今，歷任本公司代總經理、董事、董事長。現任成都市人民政府副市長，住居成都。

宋師度，本公司發起人之一，曾任昌福印刷公司及川報主持人。擔任本公司董事二十餘年，現任民生公司常務董事，住居重慶。

吳照華，曾任成都樹德中學校長，擔任本公司常務董事，副董事長達十年。住居成都。

吳書濃，利昌公司同心銀行經副理，擔任本公司董事兼經理。住居成都。

施震東，現任嘉裕城廠副理，強華礦冶公司經理，住居樂山。

陳子光，在一九三〇年左右，曾任本公司經理，復任本公司董事及總稽核，住居樂山。

張真如，曾任大學教授，連選連任本公司常務董事十餘年，住居成都。

張仲銘，擔任本公司歷屆監察人達八年之久，現任川南人民行政公署財政廳副廳長，住居瀘縣。

湯萬宇，連選連任本公司常務董事迄今十餘年，對於公司情況，極為熟悉。住居成都。

黃蕭方，連選連任本公司董事達十年之久，現任川西人民行政公署委員，住居成都。

葉石蓀，四川大學教授，現任川西區暨成都市協商委員會委員，與川西區人民代表會議代表。住居成都。

楊新泉，連選連任本公司常務董事十餘年，現任強華礦冶公司董事長。住居樂山。

熊子駿，曾任大學教授，本公司上屆監察人，現任西南軍政委員會副秘書長，為股東樹德中學代表人，住居重慶。

劉星垣，本公司發起人之一，曾任大學教授。連選連任本公司董事、常務董事十餘年，現任川西工業廳副廳長暨私立成華大學校長。住居成都。

歐陽里東，曾經任本公司監察人八年，住居樂山。

謝勘哉，連選連任本公司董事十餘年，現任嘉裕城廠董事長，住居樂山。

謝无量，曾任大學教授，現任川西區文物管理委員會主任委員，住居成都。

交通銀行，託管和代管股份的代表。

附注：

（一）監察人名額為三人，董事名額為十五人。選舉時，不能少寫也不能多寫。（上面所列董事候選人共十九名）

（二）選舉董事時，請注意：

1. 成都區須選出九人，方夠開會；

2. 樂山區因廠在該地應選出四人；

3. 重慶區選舉二人。

董事會啟

參考文獻

1. 李劼人：《李劼人全集》（17 卷共 20 冊），成都：四川文藝出版社，2011 年版。

2. 成都市文學藝術界聯合會，李劼人研究學會編：《李劼人研究 2016》，成都：四川文藝出版社，2017 年版。

3. 成都市文學藝術界聯合會，李劼人研究學會編：《李劼人研究 2007》，成都：巴蜀書社，2008 年版。

4. 成都市文學藝術界聯合會，李劼人研究學會編：《李劼人研究》，成都：四川文藝出版社，2019 年版。

5. 曾智中主編：《2011 李劼人研究》，成都：四川文藝出版社，2011 年版。

6. 王嘉陵主編；郭志強，葉軍，李詩華副主編：《李劼人晚年書信集 1950～1962》（增補本），成都：四川大學出版社，2012 年版。

7. 李怡，王琳：《李劼人畫傳》，成都：四川人民出版社，2011 年版。

8. 王嘉陵編：《李劼人晚年書信集》成都：四川大學出版社，2009 年版。

9. 鍾崇敏等編撰：《四川手工紙業調查報告》，中國農民銀行經濟研究處，1943 年版。

10. 上海社會科學院經濟研究所輕工業發展戰略研究中心編：《中國近代造紙工業史》，上海：上海社會科學院出版社，1989 年版。

11. 四川省檔案局編；丁成明，胡金玉主編；周書生，劉海錦副主編；章開沅總主編；周勇副總主編《抗戰時期的四川：檔案史料彙編》（上中下三冊），重慶：重慶大學出版社，2014 年版。

12. 吳虞：《吳虞日記》（上），成都：四川人民出版社，1984 年版。

13. 吳虞：《吳虞日記》（下），成都：四川人民出版社，1986 年版。

14. 黃炎培著；中國社會科學院近代史研究所整理：《黃炎培日記》第 5 卷
（1934.12～1938.7），北京：華文出版社，2008 年版。

15. 黃炎培著；中國社會科學院近代史研究所整理：《黃炎培日記》第 6 卷
（1938.8～1940.8），北京：華文出版社，2008 年版。

16. 黃炎培著；中國社會科學院近代史研究所整理：《黃炎培日記》第 7 卷
（1940.9～1942.8），北京：華文出版社，2008 年版。

17. 張秀熟：《二聲集》，成都：巴蜀書社，1992 年版。

18. 劉恩義著：《周太玄傳》，成都：四川科學技術出版社，1992 年版。

19. 商金林撰著：《葉聖陶年譜長編》第 2 卷（1936～1949），北京：人民教
育出版社，2004 年版。

20. 錢念孫著：《朱光潛　出世的精神與入世的事業》，北京：文津出版社，
2005 年版。

21. 丁守和，馬勇，左玉河等主編：《抗戰時期期刊介紹》，北京：社會科學文
獻出版社，2009 年版。

22. 何一民主編：《抗戰時期西南大後方城市發展變遷研究》，重慶：重慶出
版社，2015 年版。

23. 中國人民政治協商會議樂山市委員會文史資料委員會編：《樂山文史資
料・工商經濟史料專輯》（第 8 輯），1989 年版。

24. 國立四川造紙印刷科職業學校編：《國立四川造紙印刷科職業學校三年來
之概況》，國立四川造紙印刷職業學校，1943 年版。

25. （德）艾約博：《以竹為生　一個四川手工造紙村的 20 世紀社會史》劉東
總主編；韓巍譯，南京：江蘇人民出版社，2016 年版。

附錄：已發表相關論文

抗戰時期嘉樂紙廠的紙張供應

摘要：

　　抗戰時期，隨著國民政府遷都重慶，四川成為當時中國的政治經濟文化中心。在各種資源（包括紙張供應）的嚴重匱乏情況下，嘉樂紙廠的紙張生產和供應在很大程度上緩解了當時的紙張危機。樂山市檔案館現存的未曾公開過的檔案，清楚地記錄了當時嘉樂紙對社會各界的紙張供應情況。本文通過對相關檔案的爬梳剔抉，由此管窺嘉樂紙廠如何在董事長李劼人的領導下，實踐其實業救國理想的真實歷史。

關鍵詞：嘉樂紙廠；檔案；紙張供應；實業救國

　　抗戰前，中國有機器造紙工廠 32 家，但大多集中在上海、江浙一帶。四川機製紙廠，戰前僅嘉樂紙廠一家。嘉樂紙廠於 1925 年由留學法國、德國的李劼人、王懷仲、盧作孚等同仁，抱著「實業救國」的理想，集資合股五萬元籌建而成。廠名是由李劼人根據《詩經》上「嘉樂君子」之句，又因廠址選在樂山，故定名為嘉樂造紙廠。而嘉樂紙廠因「戰前辦理欠善及洋紙之競銷，時作時輟」[1]。

　　抗戰爆發後，戰爭造成交通阻斷，洋紙來源漸少，紙張供給成為一大難題：抗戰初期，由於上海紙價低廉，紙張來源還相對穩定；隨著上海、武漢、廣州相繼淪陷，香港成為內地通向海外的唯一出口地，可以免稅進口紙張。然而太平洋戰爭爆發後，洋紙和外埠紙供貨受到各方面限制。再加之國民政府遷都重慶，四川成為抗戰時期中國政治經濟文化中心，對於紙張的需求量空前增長。國民政府對川內工業採取了經濟、金融的扶持政策，李劼人及嘉樂紙廠抓住機遇，獲得了空前的發展。

　　1938 年，嘉樂造紙廠成立嘉樂紙廠股份有限公司，總公司遷至成都，重慶、樂山兩地設分公司。總公司向經濟部貸款 4 萬元添置造紙機器，並將 1927 年～1938 年全部紅息轉為股本，同時招募新股，總資本額增至 14 萬元。到 1939 年底，資本增至 27 萬元。1940 年底又增為 60 萬元。1941 年 7 月重慶之四川造紙廠併入嘉樂，資本增加到 150 萬元。至此，嘉樂造紙廠經擴充設備，增資增人，紙的產量激增至年產 1000 噸左右，成為大後方文化、教育、新聞、出版用紙的主要廠家，在市場和用戶中享有信譽。

　　嘉樂紙廠初建成時廠門兩旁貼有一副對聯：「數萬里學回成功一旦；五六人合夥創業四川」，此聯表達了李劼人等同仁「實業救國」的理想和願望。

　　樂山市檔案館現存的未曾公開過的檔案，就清楚地記錄了當時嘉樂紙的銷售情況。通過這批檔案的解讀，我們可以看到嘉樂紙廠如何在董事長李劼人的領導下，實踐其實業救國理想的歷史真實。

　　抗戰時，由於紙張困難，能用而且價廉的是嘉樂紙廠生產的嘉樂紙。當時被稱為「上等紙」的嘉樂紙，實際是一種質量很次的再生紙，且有黃、硬、脆的特點，然而在當時已是上好的紙張了。紙張類型有打字紙、凸版紙、新聞紙、包裝紙等，在紙張極端匱乏的情況下，軍用，民用，各行各業都非常迫切地向嘉樂紙廠提出紙張需求，西南各大、中、小學教科書和大部分出版物、報刊用紙，甚至軍用密電碼用紙等都由嘉樂紙廠供應，重慶的《大公報》《新華日報》《商務日報》也曾使用過嘉樂紙。紙廠產品滿足了抗戰期間作為大後方的四川用紙的需要，為抗日戰爭時期的文化傳播作出了重要貢獻。

　　下面通過檔案顯示的嘉樂紙廠對各方的供貨渠道，以說明之。

一、對於國民政府的鼎力相助

　　收文第 272 號

　　財政部鹽務總局用箋

　　橋稅經第 700 號

　　　茲派本局職員周福攜款前來貴廠洽購本局三月份所訂購之嘉樂紙三千張。即祈如數價發為荷！

　　此致

　　嘉樂機器造紙廠

　　　　　　　　　　　　　　　　　　　鹽務總局經理股啟

中華民國廿九年三月二十八日

（批覆：）照數發去。三月二十九日（王植槐章）

渝美宣字第 142 號

　　頃據華懋運輸公司報告：「為本部運輸嘉樂紙在敘府均須納稅，請向該處交涉」等語，除電請財政部轉飭敘府海關准予免稅驗放外，特函請貴廠代為辦理免稅手續為荷。此致

嘉樂紙廠

中央宣傳部（印）

中華民國廿九年八月六日

曙光經理大鑒：茲有縣府汪科長擬向廠訂購新聞紙一二百令，務希設法通融為荷。如目前尚無現貨，即在本月內交貨亦可。耑此即頌

大安

徐光普〔註1〕啟

四月七日

（批覆：）當面交涉，暫時無紙應命。俟至六月份生產增加時挪售五十令，價照當時行市結算，但須先行交付款項一大部，方為有效。

四月十二日（王植槐章）

　　從以上檔案可以看到，從財政部、中宣部到地方縣府，嘉樂紙廠在當時紙張供不應求的前提下仍然有求必應。

二、對於軍隊的需求供應

　　辦機發字第四三四七號

　　中華民國三二年七月

　　事由：函請准購黃綠嘉祿紙各三拾令，派本室事務股長胡志堅前來
　　　　　面洽由。查本室編印軍用密電碼本，每月需紙數量約在六十
　　　　　令左右。現在市上可用紙張數量甚少，採購極感困難。貴廠
　　　　　所出黃綠嘉祿紙尚可合用，茲派本室事務股長胡志堅前來，
　　　　　相應函請查照，惠予面洽。即希准購黃綠嘉祿紙各三十令，

〔註 1〕徐光普，原川軍 24 軍的一個旅長，後轉業回樂山，1946 年當上縣參議長，1948
　　　　年又當上了國大代表。

此諮應用為荷。此致

嘉祿（樂）紙廠

軍醫署陸軍衛生材料廠藥棉紗布製造所公函　公函技購字第 353 號

事由：為訂購綠色新聞紙壹佰令即希查照辦理由

逕啟者：本所前向貴廠購買之綠色新聞紙，現已用罄。茲擬續購壹
　　　　佰令以濟需用，相應函達，即希查照，其貨價若干，並希
　　　　示復，一併匯上。一俟本所將護照寄到時，即予運交渝大
　　　　溪溝三元橋四十一號，以備取用為荷！此致

嘉樂造紙廠

陸軍衛生材料廠（印）

中華民國二月十四日

逕啟者：敝班在泰源堂定製筆記課本四千。因該店尚缺殼面半邊紙，
　　　　特函請貴廠准予購發貳千張，特此證明為荷。此致

嘉樂紙廠公鑒

三月三日

軍政部殘廢軍人生產事務局生產人員技術訓練班啟

（批覆：）當售五百張。4/3/29

逕啟者：本團因裝訂各種表冊，需用新聞紙五千張，特派上尉營付
　　　　湯整戎前來購買。請照價發售。相應函達即營付，希查照。

此致

嘉樂造紙廠

團長　余易麟

（批覆：）洽定只售二千張，本日先取五百張，餘數限本禮拜來取。

三月廿五日

收文第 279 號

事由：為派員交涉購用紙張，煩為查照接洽案由

建南師管區補充兵團第五團團部公函

需字第二四號

民國二十九年三月三十一日

自蘇稽鎮發

逕啟者查：敝團印製教材書籍需用紙張業經函達，訂購嘉樂紙二萬
　　　　　張。俾資取用而利推行在案。惟以工程緊急待用紙張刻
　　　　　不容緩。茲特專派本團第十四連連長趙德弼由蘇赴樂，
　　　　　逕詣貴廠交涉購、運、付價各項事宜，至時尚望賜予接
　　　　　洽，俾獲成就，實紉公誼！

此致

　　　　　　　　　　　　樂山縣嘉樂紙廠

建南師管區補充第五團團長趙德樹（建南師管區補充第五團團長印）

收文第 277 號

軍政部建南師管區補充第四團公函（印章）政字第 29 號

民國二十九年四月三日

事由：為函請發售新聞紙陸萬張以資應用由

逕啟者：本團及第三團，因付印各種教材及表冊，需用新聞紙陸萬
　　　　張。茲特派湯營副來購買，請照價發售，相應函達。即希
　　　　查照為荷！

此致

樂山造紙廠

　　　　　　　　　　　　　　團長　余易麟

（批覆：）帶紙應命。四月四日（王植槐章）

收文第 398 號

曙光先生惠鑒：

　　久違！實深抱歉！前蒙惠予交運來蓉嘉樂紙五拾令已如數收
訖。現因敝所待印書籍極多，蓉垣無法購買。只當遵行前約，務祈
貴廠先行籌集嘉樂紙五拾令，並收市價。示知，俾便即日匯款以利
工作。區區之數，千祈先生鼎力設法，萬勿見卻是幸。費神之處，
他日面謝。專此敬頌時祺！並候示復。

　　　　　　　　　　中央陸軍軍官學校教育處圖書館印刷所

　　　　　　　　　　　　鄧慶琳拜

　　　　　　　　　　　　五‧十五

　　　　　　　　　　　　六‧

無論是當地駐軍還是軍隊各部門的各種需求，嘉樂紙廠都及時做出了種種積極響應。

三、對於民眾用紙的保證供應

由於戰時資源匱乏，紙張都成為特供用品。國民政府專門成立了日用品管理處來進行管理。

逕啟者：

1. 渝業字　＃19、＃20、＃21、＃22、＃23 各函均先後收悉，內附各件已存記備查；

2. 中宣部退回卅件（計九十令）已於本月十日裝民教輪運渝，提單及稅票由民生公司帶渝面交。呈處告時希照查收，轉交蓉途為荷；

3. 運樂銅絲布之工鑛處清單一紙，因係前期伯翹君經手，現劉君去蓉，樂卷留查不得，請向工鑛處，呈報遺失，注銷為感；

4. 運渝紙件因打包不牢，致轉運及上下起駁，鬆散甚多，使×處提交麻煩，現已轉飭整理間，著意捆×也；

5. 發售日用品管理處紙貳仟肆佰令，及中宣部一千令，之發票准日內購得千元類印花，即堪填妥寄上，裕華紙廠係去年所售，樂地無法查清收款月日，請尊軒查明由渝填給可也；

6. 日用品管理處新訂購我紙壹仟伍佰令，昨日該處已將應交紙款匯樂收楚，紙已備齊，唯因今日江水枯落，民生輪不能上駛，須候水起民生輪到，始能啟運。除已電聯該處外，特此奉閱；

7. 所稱陳廠長後在渝，經售馬心竹先生以華星名訂購，（據陳廠長雲每令當時作定價九四，速查報）紙貳佰令一箱。陳廠長係奉總公司命令，於六月十日左右。

曙光先生大鑒：

敬啟者前談商售嘉樂紙一事，承蒙允荷，感念。茲為本區養蠶上之用，需大張五令小張三令，特此備函前來，請即賜接洽。如能照批發價格出售尤為感禱。專此順頌臺綏

（批覆：）發去新聞紙五千張

費達生謹　啟（章）

二月十六日

　　逕復此前託代交汽車轉運貴廠出品之紙一宗，計玖仟張。前日收到伍仟張，不禁大驚。昨又接大孔，始知車輛少而乘客多，尚有肆仟張不能交車運來。況此項紙張是敝店與統一公立各學校招生制試卷所用者，刻又不能專人來嘉取運，唯一之法請貴廠再向車站商量，分作幾個小型包裹每日分運，其費用若干並祈示知。前留之運資若不敷用，敝店當再兌來嘉。勞神之處敝店感激之至。此復

嘉樂造紙廠

成都福慶生紙店　啟

六月廿八日

　　日用品管理處、蠶農、紙店，這些都是民生用品。而運輸的繁重、交通的不便再加上苛捐雜稅諸種刁難，這都為當年嘉樂紙廠的紙張供應增添了種種困難。嘉樂紙廠千方百計，想辦法保證供貨，盡力保證百姓生計之需。

四、對於文化事業的大力扶持

　　在筆者《李劼人與嘉樂紙廠文化補助金》[2]一文中，已詳述了嘉樂紙廠從資金方面給予當時文化事業的捐助。本文還將從具體的紙張供應和捐贈方面，佐證嘉樂紙廠對於文化事業的大力扶持。

　　1939 年，故宮南遷三路中的一路由中國聯運社與民生輪船公司運往樂山，故宮博物院 9369 箱文物和南京中央博物院 100 多箱文物在樂山的安谷存放。北平故宮博物院樂山辦事處隨之成立。成立之後，辦事處隨即開始了對文物的清理登記工作，這需要大量的紙張。而當時的紙張也作為重要戰略物資之一，需要行政院特設的日化用品購銷辦公室審核批准，才能按計劃供應。

　　被稱為「上等紙」的嘉樂紙，更是須有需用機關函件證明才能商購。值此之際，嘉樂紙廠無論是從紙張的質還是量上都給予故宮樂山辦事處有力的扶持。

　　逕啟者：

　　本處近期因整理文物需用貴廠出品嘉樂紙，為數甚多。日前曾

向貴廠採購，據稱須有需用機關函件證明，方可照售。茲特備函商
購五百張，以應急需，即希臺洽，是荷。

此致

嘉樂紙廠

（批覆：）發出新聞紙 118＋2 張

國立北平故宮博物館樂山辦事處（印）啟

中華民國二十九年二月二十四日

收文第 221 號

逕啟者：

前向貴廠訂購嘉樂紙五百張，當以取得半數。尚有貳佰伍拾張，
特再備函訂購。務祈臺洽售與為荷！

此致

嘉樂紙廠

（批覆：）售去貳佰伍拾張

國立北平故宮博物館樂山辦事處（印）啟

中華民國二十九年三月十三日

上邊兩封公函上，都有嘉樂紙廠經辦人同意售紙的批示和蓋章。所需數量
全部滿足，且「發去新聞紙」，保證了紙張質量，對故宮文物存放樂山期間的
業務工作給予了極大支持。

國立武漢大學西遷樂山，嘉樂紙廠與武漢大學有種種交接。不僅在文化補
助金一項裏為武大教授、學生提供了資金捐助，還從紙張方面給予了種種方
便，以儘量滿足武大的需求。

收文第 241 號

茲有本校學生徐松清等備款前來，請售給綠色報紙肆佰張。至
盼！此致

嘉樂紙廠

（批覆：）照數發售。

國立武漢大學廠務組總務處（印）啟

三・十九

五、對於全國文藝界抗敵協會四川分會的長期捐助

　　　　成都分會今年一月（按：一九三九年一月十四日），正式成立，總會方面，由馮理事煥章，舒理事舍予參加指導。到會員李劼人、謝文炳、周文、羅念生、周太玄、熊佛西、葉雄、任鈞、鄧均吾、陳翔鶴、劉盛亞、劉開渠、葛保華、蕭軍、朱光潛、郭子雄、顧綏昌、肖蔓若、陶雄、毛一波等六十餘人。分會會刊《筆陣》已於二月十六日出版；並成立小說、詩歌、戲劇理論、翻譯、通俗文藝等研究組，每週舉行座談會一次分別研究，將研究所得，撰文在各刊物發表。隔兩星期，為聯絡會員情感見起，並舉行晚會一次，除報告會務交換關於文藝上的各項意見外，並有朗誦詩歌音樂等節目，以助餘興。〔3〕（P35）

　　嘉樂紙廠一直給予「文協」經濟上的援助以及協會成員安全的保障，這一切都緣於既是嘉樂紙廠董事長又是「文協」分會理事的李劼人。

　　「文協」在成立之初無固定會址，開展活動很不方便，李劼人1940年把分會會址設在了嘉樂公司成都辦事處的所在地，之後，那兒就成為了「文協」會員聚會和活動的地方。

　　在抗戰期間非常活躍，並積極宣傳抗戰理論，鼓勵作家積極參加抗戰活動的分會會刊《筆陣》

　　就是李劼人取的名字。「當時由於物價飛漲，發行有限，不得不靠嘉樂紙廠募得捐款和紙張發行。這時期可以這樣說，沒有李劼人從經濟和物質上大力支持，《筆陣》是根本無法維持下去的。」〔4〕（P43）

　　據作為嘉樂紙廠李劼人董事長的秘書和「文協」成都分會的理事謝揚青先生回憶：嘉樂紙廠每年拿出盈利項目的百分之五作為文化補助金來捐助文化事業，李劼人每年都向董事會提出給予文協優渥的資助，從資金和紙張兩個方面予以援助。〔5〕而現存的檔案也見證了這一史實。

嘉樂製紙廠股份有限公司用箋

敬呈者查：

　　　　成都分公司三十一年度有代交義記對開紙一千五百令及捐贈中華全國文藝界抗敵協會成都分會對開紙四十令，又自用各色紙張數種，均由成品帳內撥出，而本公司發往成品賬尚未處理，致雙方成品餘額不符，理應呈明。附同單×十九紙。呈請鑒核！謹呈

　　許經理　鈞鑒

　　　　　　　　　　　　　　　　職　阮仕楷（印）呈
　　　　　　　　　　　　　　中華民國三十二年三月三日
　　今領到嘉樂製紙公司惠捐印雜誌用紙八令（內六令係卅一年三月份，餘二令係卅年度者）正。此據
　　　　　　　　　　　　　　中華全國文藝界抗敵協會成都分會
　　　　　　　　　　　　　　　　（成都分會總務部印）
　　　　　　　　　　　　　　　　常務理事陶雄（章）
　　中華民國三十一年三月（中華全國文藝界抗敵協會成都分會印）
　　（批覆：）付訖
中華全國文藝界抗敵協會成都分會用箋
　　今收到嘉樂製紙公司成都分公司惠捐四月份嘉樂紙四令正。此據
　　　　　　　　　　　　　　中華全國文藝界抗敵協會成都分會
　　　　　　　　　　　　　　　　常務理事陶雄（私章）
中華民國三十一年四月二十七日（中華全國文藝界抗敵協會成都分會章）

　　今收到嘉樂製紙公司成都分公司惠捐五月份嘉樂紙四令正。此據
　　　　　　　　　　　　　　中華全國文藝界抗敵協會成都分會
　　　　　　　　　　　　　　　　常務理事陶雄（私章）
　　中華民國三十一年五月（中華全國文藝界抗敵協會成都分會印）

　　今收到嘉樂製紙公司惠捐三拾壹年柒月份嘉樂紙四令，計四千張正。此據
　　　　　　　　　　　　　　中華全國文藝界抗敵協會成都分會
　　　　　　　　　　　　　　　　常務理事陶雄（私章）
　　中華民國三十一年十月（中華全國文藝界抗敵協會成都分會印）
　　（批覆：）照交
　　　　　　　　　　　　　　　　十‧十四　程雲集（章）

今收到嘉樂製紙公司惠捐三拾壹年捌月份嘉樂紙四令，計四千張正。此據

中華全國文藝界抗敵協會成都分會

常務理事陶雄（私章）

中華民國三十一年八月（中華全國文藝界抗敵協會成都分會印）

（批覆：）照付

十一・十四　程雲集（章）

今收到嘉樂製紙公司惠捐三拾壹年玖月份嘉樂紙四令，計四千張正。此據

中華全國文藝界抗敵協會成都分會

常務理事陶雄（私章）

中華民國三十一年九月（中華全國文藝界抗敵協會成都分會章）

（批覆：）照付

十一・十四　程雲集（章）

今收到嘉樂製紙公司惠捐拾月份嘉樂紙四令，計四千張正。此據

中華全國文藝界抗敵協會成都分會

常務理事陶雄（私章）

中華民國三十一年十月（中華全國文藝界抗敵協會成都分會章）

（批覆：）照付

十二・十八　程雲集（章）

以上檔案顯示，在 1942 年，嘉樂紙廠就一次性捐給「文協」四十令各色紙，在三月份捐贈 8 令紙後，從四月份起，按月捐贈「文協」成都分會 4 令紙。

也正是這樣的有力資助，「文協」的會刊《筆陣》沒有像一般刊物那樣遇難而止、很快消失，反而越辦越好。

也正因為此，文協成都分會的出版工作，是文協所有分會中成績最大的，不僅包含了期刊、副刊和叢書等多種形式，而且保持了較強的連續性[6]，為推進宣傳抗戰、推進抗戰文藝做出了卓越的貢獻。

參考文獻：

〔1〕後方造紙業概況，工商新聞，475 號，19421020。

〔2〕付金艷，李劼人與嘉樂紙廠的文化補助金〔J〕，郭沫若學刊，2014（2）。

〔3〕組織概況（抗戰文藝第四卷第一期）〔A〕，重慶地區中國抗戰文藝研究會等，國統區抗戰文藝研究論文集〔C〕，重慶出版社，1984。

〔4〕重慶地區中國抗戰文藝研究會等，國統區抗戰文藝研究論文集〔C〕，重慶出版社，1984。

〔5〕謝揚青、李劼人先生與「文抗──文協」成都分會片段〔J〕，新文學史料，1992（2）。

〔6〕段從學，「文協」與抗戰時期文藝運動〔M〕，北京大學出版社，2012.07。

此文發表於《郭沫若學刊》2014 年第 4 期

李劼人和孫震——李劼人與嘉樂製紙股份有限公司股東關係考之二

內容摘要：

　　軍人辦學、文人治廠，抗日名將孫震和著名作家李劼人在民國時期各自成就了一個傳奇。而同樣的救國理想和教育興國的理念把這兩個傳奇又神奇地結合在一起。本文借助嘉樂製紙股份有限公司的部分檔案，真實地還原那一個時期的歷史。

關鍵詞：李劼人　孫震　樹德中學　嘉樂製紙股份有限公司

　　在李劼人先生《說說嘉樂紙廠的來蹤》[註1]一文中，清楚地交代了嘉樂製紙廠建廠之初約股五萬的來龍去脈：陳宛溪和張富安各認股壹萬元，陳宛溪負責在樂山募股壹萬元；另外兩萬元由李劼人和王懷仲負責在成都和眉州募股。然而，在樂山市檔案局保存的嘉樂製紙股份有限公司的檔案中，卻有這樣一份檔案，上邊清楚地寫著當時還有一位大股東——孫德操。究竟誰是誰非？

　　在拂拭歷史塵埃、追根溯源時，發現檔案明顯有誤，一是孫德操的投資時間不可能是在 1925 年，而是在 1937 年；另外「孫德操」名下最後的股數也不是 1937 年最初入股的股數，而是最後的股份數額——誤把 1827 股寫成 1872 股。而在這份檔案中，更為驚人的發現是：「樹德中學董事會」和「樹中申太夫人獎學金」這兩個股金占嘉樂製紙股份有限公司全股額約五分之一的賬戶其所有人也是孫德操。

〔註1〕李劼人：《李劼人全集·散文》第 7 卷，成都：四川文藝出版社，2011 年，第310 頁。

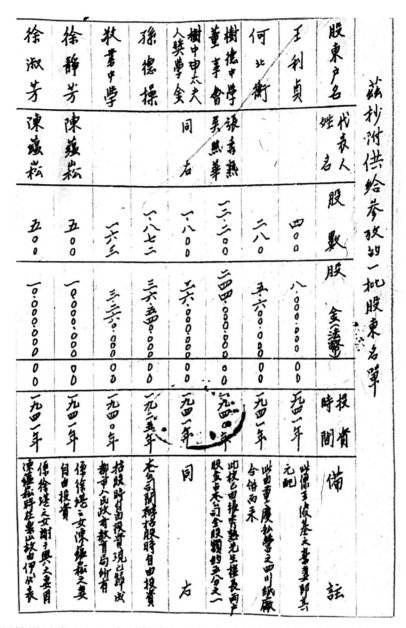

孫德操是誰？何以會以鉅資投入嘉樂製紙股份有限公司呢？

孫德操，就是抗日川軍名將孫震將軍，其之所以會以巨資投入嘉樂製紙股份有限公司乃是因為其與嘉樂製紙股份有限公司的董事長李劼人的關係。

1927 年，李劼人通過好友魏時珍結識其蓬安同鄉湯萬宇，在湯萬宇家中與當時的四川國民革命軍第二十九軍副軍長兼第五師師長的孫震相識。年紀相仿且抱負相近使兩人成為莫逆之交。李劼人曾經這樣評價孫震：「孫先生為

人淡泊·待人並不以功利，此足尚也。」〔註2〕李劼人是有感而發，因為孫震在 1930 年李劼人因生活所迫，舉債三百元開「小雅」麵館時，力勸李劼人堅持文學寫作，並表示願意聘請他為顧問，每月支付顧問費用保證其生活。李劼人雖然拒絕了，但是推薦了其麵館的夥計——貧窮大學生鍾朗華，孫震果然一直資助其讀完大學。在清華求學後來在川大教書的王介平，也是由李劼人推薦孫震資助的一個。

嘉樂製紙廠在抗戰前因為技術、設備落後、紙張產量不高而經常停產，而抗戰時因為洋紙停運、政府政策扶持而帶來發展契機。嘉樂製紙廠董事長的李劼人在 1937 年抓住契機，增加投資，購買機器，擴大生產。基於對於李劼人的信任和支持，孫震也就是在那時借給嘉樂製紙廠兩千元（1940 年按照每股 5 元，折合股數為 400 股）。

中華民國二十六年度十二月卅一日止

資產之部		負債之部	
科目	金額	科目	金額
庫存現金	121,660	應付賬款	24,377,407
應收賬款	873,321	存入款	5,223,349
省經往來欠款	16,611,573	折舊準備	1,263,000
存出款	7,457,650	呆賬準備	367,951
存出保證金	945,000	公積金	893,337
存貨	6,115,839	陳光玉	11,500,000
存料	7,051,800	蜀新公司	10,000,000
電人	1,068,356	盂記	11,500,000
廠屋及其地	10,805,850	泉生堂	5,750,000
機器設備	323,310,995	唐蟲宣	3,000,000
前辦至廿六年度虧損	20,474,496	孫倍孫	2,000,000
		劉星垣	1,650,000
		王惠風	1,150,000
		吳雅記	1,000,000
		澤 記	1,150,000
		朱良輔	1,150,000
		程子香	1,150,000
		嘉語廠	1,150,000
		陳漸逵	1,150,000
		梁仲子	1,150,000
		吳功福	1,000,000
		童長安	1,000,000
		陳仲良	800,000
		王懷李	300,000
		王懷仲	680,000
		李劼人	600,000
		蔡師虔	1,150,000
		楊雲從	575,000

〔註2〕李劼人：《李劼人全集·書信》（第 10 卷），成都：四川文藝出版社，2011 年，第 23 頁。

樹德中學又與孫震有怎樣的關係呢？

孫震一生有兩大功績：一是抗日衛國，一是辦學興教。作為一名軍人，當國家有難時，他挺身而出。抗戰爆發後與鄧錫侯一起帶兵出川抗戰，孫震任二十二集團軍副司令，鄧錫侯任總司令。1938 年 1 月，劉湘病死於漢口，蔣介石調鄧錫侯回四川，孫震繼任二十二集團軍總司令，在晉東一帶指揮部隊與日作戰，阻敵西進。1938 年 3 月中旬徐州會戰中，與日軍血戰於藤縣，滯敵前進，保證了臺兒莊大捷。1939 年 5 月，被授予陸軍上將軍銜。

而作為一名有識之士，孫震還有一大業績是辦校興學。從 1929 年陸續在成都辦了四所樹德義務小學之後，1932 年又興辦了樹德中學初中部，1937 年增設樹德中學高中部。1940 年在樹德中學校慶十年的發刊詞中，孫震這樣表述了其辦學興教的初衷：「深憾貧寒未竟所學，爰斥歷年俸公，及長官所予者，約集熱心教育之各同志，共同創辦樹德學校。小學初中高中，次第成立，徵費較輕，管理較嚴，聘師極慎，取士必端，所有優待及獎學諸辦法，均詳定章則，凡可為勤苦學子謀者，靡不殫竭心力以赴。誠以處此時艱，寒峻讀書，決非易事，而建國之際，國家社會，需才又極急迫，不能因其無力深造，致使梗楠杞梓，委於岩壑以老，是以珍重護惜，加之規矩準繩，俾皆呈材奏能，蔚為國用，樹木樹人之喻，亦即震之素志也。」〔註 3〕資助寒門子弟讀書，為國家社會培養可用之才，這就是孫震散盡家產而傾心辦學的志向。據說，孫震在出師抗日前夕曾立下遺囑：「兒子孫輩，不得動用學校基金分文，只能當一名常務董事。」[6]其長子孫靜山是樹德中學的常務董事，但是「樹德中學董事會」的基金一直是由任蒼鵬（孫震的軍部經理處長）、吳照華（樹德中學校長）管理的。

「樹德中學董事會」入股嘉樂製紙股份有限公司的時間也是在 1940 年，彼時正是嘉樂製紙股份有限公司發展的黃金時期。根據《李劼人年譜》記載，李劼人在 1940 年「全部精力投入嘉樂公司事務。為了招收新股，加強紙廠生產力量，向外打開局面，嘉樂製紙股份有限公司董事長李劼人通過董事會招收了重慶民生實業股份公司和孫震及他創辦的成都樹德中學的大宗股金；將董事會遷往成都；在成都設立嘉樂造紙廠股份有限公司的總公司；在重慶、樂山兩地設分公司」。這一年，孫德超名下股份為 473 股，樹德中學董事會名下股份為 1600 股。後來多次增股投資，及至 1942 年 12 月 31 日的股東名簿中，孫

〔註 3〕http://blog.tianya.cn/post-206985-52097608-1.shtml

德超的股份為 1827 股，樹德中學董事會的股份為 12200 股，嘉樂製紙股份有限公司的總股額也不過 100000 股。

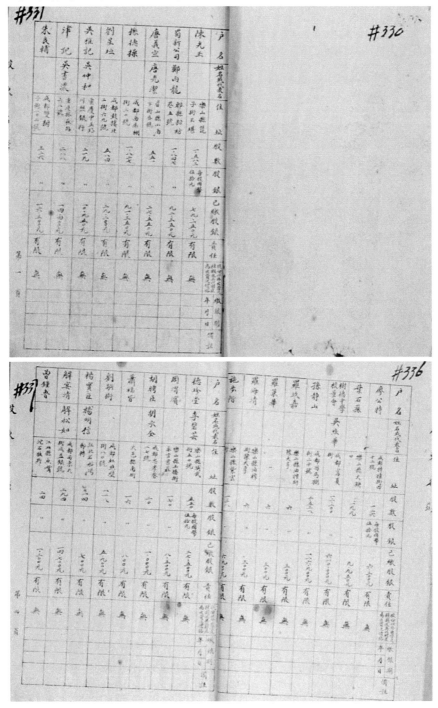

在 1941 年，孫震又以其母申太夫人之名在樹德中學設置了「申太夫人獎學金」：每期高中 40 元，初中 30 元。凡學業、操行、體育成績均為甲等者，可獲甲等獎學金，一直讀到大學畢業；如果獲准乙等獎學金者，只限一個學期，下期可以繼續申請；若中途成績下降，有主科一科不及格者，即停止發給。〔註4〕與「樹德中學董事會」一樣，「申太夫人獎學金」以基金的方式投資於嘉樂製紙股份有限公司，以股息作為經費。從 1941 年入股到 1942 年 12 月 31 日的股東登記，「申太夫人獎學金」的股份從 600、900 到最後的 1800 股，數額增長幅度也是很大的。

及至 1942 年，孫震在嘉樂製紙股份有限公司的三個賬戶，總股額 15827 股，股金為 791350 元。如此巨大的款項都投放於嘉樂製紙股份有限公司，這也皆賴於孫震對於董事長李劼人的信任。而孫震的巨額投資並不是為了一己私利，而是以股息作為辦學經費，實現的是其教育興國的理想。

〔註4〕成都市政協文史學習委員會編：《成都文史資料選編　教科文衛卷·科教藝苑》（上卷），成都：四川人民出版社，2007 年，第 123 頁。

成都私立樹德中學　公函

敬啟者：數年前敝校校董會，以大量基金，投入

貴公司，原係以其息金所入，作為經常費開支，近年以來，每月在

貴公司息借一萬五千元，曾蒙

允許，按月照借在案。惟現在物價高漲，敝校開支浩繁，原借數目

太微，無濟於事，從本年八月份起，擬請每月借用三萬元，以濟急需

，特函奉達，務希

惠允。此致

嘉樂紙廠董事長李

校長　吳照華

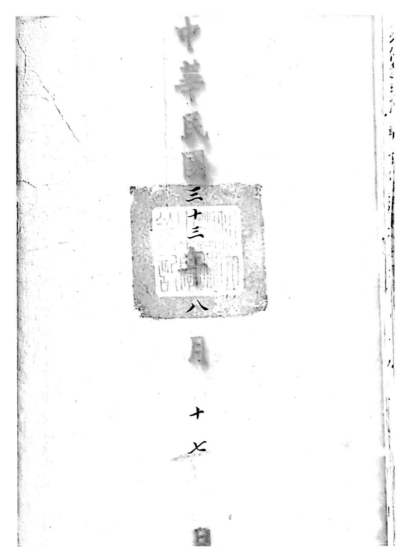

成都私立樹德中學公函

　　敬啟者：數年前敝校董事會，以大量基金，投入貴公司，原係以其息金所入，作為經常費開支，近年以來，每月在貴公司息借一萬五千元，曾蒙允許，按月照借在案。惟現在物價高漲，敝校開支浩繁，原借數目太微，無濟於事，從本年八月份起，擬請每月借用三萬元，以濟急需，特函奉達，務希惠允。此致

　　　　　　　　　嘉樂紙廠董事長李

　　　　　　　　　校長吳照華（章）

　　　　　　　　　中華民國三十三年八月十七日

在樹德中學校長吳照華先生這份信函中，清楚地交代了「樹德中學董事會」巨額入股的目的在於以股息辦學。

李劼人雖然沒有孫震那樣的財富能夠建校辦學，為國家培養社會棟樑之材，但是在嘉樂製紙股份有限公司有了盈利時馬上撥出專款特設「文化事業補助金」來資助文化團體、大中小學、職工求學，回報國家、效力社會。其中樹德中學也收益不菲，尤其是在抗戰後法幣不斷貶值，義務辦學舉步維艱的時候，嘉樂製紙股份有限公司仍然在力所能及的前提下，力保樹德中學的辦學經費。

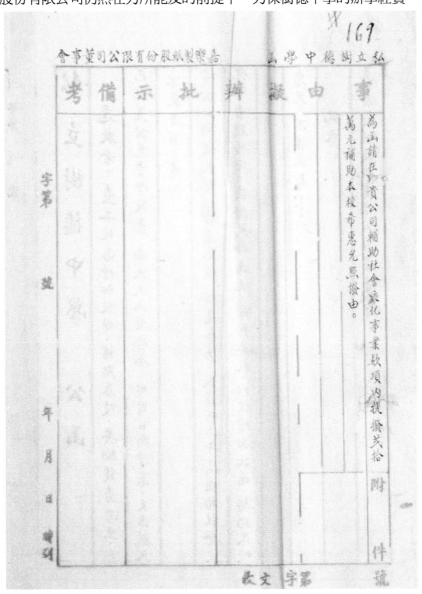

這是 1944 年 4 月 15 日，樹德中學請求撥付二十萬元補助金的公函。

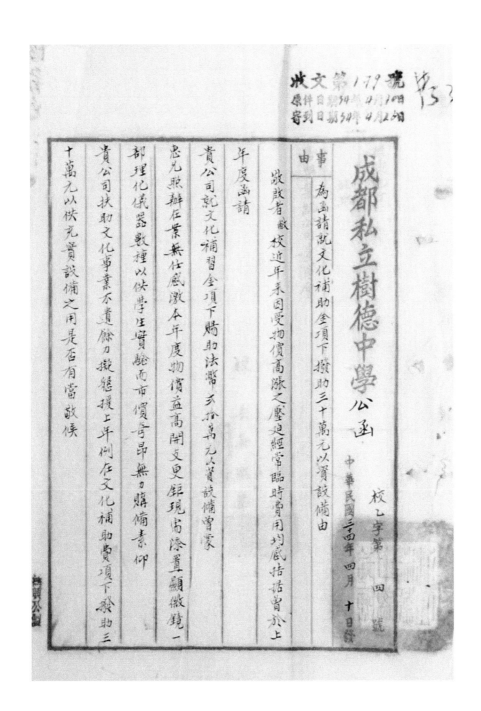

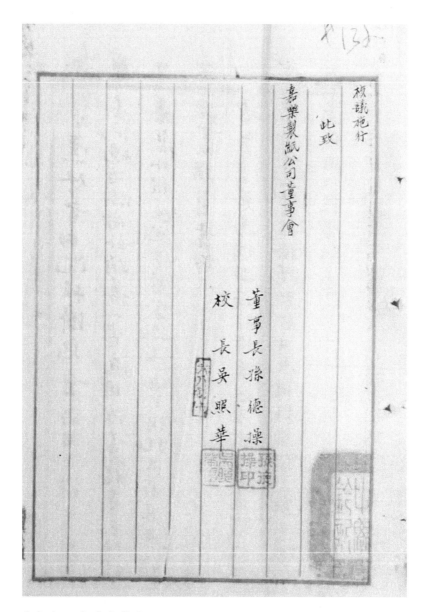

成都私立樹德中學公函

校乙字第四號

中華民國三十四年四月十日發

事由：為函請就文化補助金項下撥助三十萬元以資設備由

敬啟者：

　　敝校近年來因受物價高漲之壓迫，經常臨時費用均感拮据，曾於上年度函請貴公司就文化補習金項下賜助法幣二十萬元以資設

備。曾蒙惠允照辦在案，無任感激。本年度物價益高，開支更巨，
現需添置顯微鏡一部，理化儀器數種，以供學生實驗。而市價奇昂，
無力購備。素仰貴公司扶助文化事業不遺餘力，擬懇援上年例，在
文化補助費項下撥助三十萬元，以供充實設備之用。是否有當？敬
候核議施行。此致

嘉樂製紙公司董事會

董事長孫德操（章）

校長吳照華（章）

這份寫於 1945 年 4 月 10 日的公函，一方面證實了嘉樂製紙股份有限公
司已經撥付了二十萬元的文化補助金，一方面又提出了三十萬元的文化補助
金的新申請，用以購買實驗設備。隨著法幣的貶值，嘉樂製紙股份有限公司的
文化補助金不單純只是應急，而是以一種常態化的形式按月撥付給中小學、孤
兒院和一些文化團體、個人。

　　隨著法幣的貶值，嘉樂製紙股份有限公司的資助額也在不斷上漲。這份嘉樂製紙股份有限公司文化補助金撥付名單上，清楚地寫明從 1947 年 8 月到 1948 年 5 月，每月撥付樹德中學 50 萬元的文化補助金。

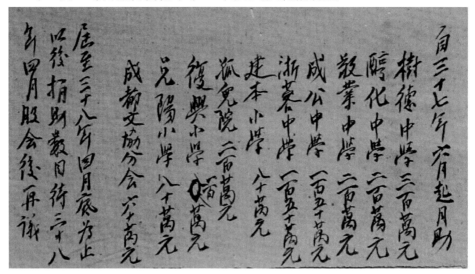

　　這是嘉樂製紙股份有限公司 1948 年 6 月～1949 年 4 月捐助給各學校文化補助金的總額，給樹德中學的文化補助金是每月撥付三百萬元。

　　武將孫震，作為一個受教育程度不高的軍人，熱心義務教育，在戰場上用身軀為國而戰，在戰場下傾其資產辦學校，為國樹人；文人李劼人，以實業救國，嘉樂製紙股份有限公司的紙張滿足了抗戰期間四川用紙的需要，以實業資助文化事業，實踐其由實業到文化的雙救國理想。一文一武，亦文亦武，借助嘉樂紙廠和樹德中學這樣的兩個平臺，孫震和李劼人譜寫出了一段民國教育傳奇和愛國救國佳話。

此文發表於《浙江檔案》2016 年第 1 期

黃炎培與李劼人的交往——圍繞在嘉樂紙廠周圍的名人檔案解密之一

內容摘要：

　　因為董事長李劼人的文化人身份，民國時期的嘉樂紙廠與政界、軍界、文學界、教育界的名人產生了眾多的交集。本文擬以嘉樂紙廠現存檔案為依據，爬梳圍繞在嘉樂紙廠周圍的名人檔案，希冀從中發掘出身兼作家和實業家雙重身份的李劼人的實業經營理念，並揭示民國有志之士拳拳愛國、強國的偉績。

關鍵詞：黃炎培　李劼人　嘉樂紙廠

　　在嘉樂紙廠的檔案卷宗裏，存有這樣一封李劼人的散佚信函：

　　炎培先生：

　　　　四月七日來示和輕工業部專家們寶貴的意見，都已收到。我已遵照先生的指示，將它交給西南區各方面的主管當局，希望他們重視這件事，一如您的重視一樣。

　　　　因為我們的紙廠，目前正遭逢了沒有銷路而形成周轉上極度的困難，不得不再來麻煩先生，向您申訴，希望獲得先生的同情而加以特別的，迅速地伸一伸援助之手！

　　　　我們的紙廠，素為先生所瞭解，在過去廿五年的歷史中，對於社會文化的貢獻，曾留有不可磨滅的印象。自而我們的廠所遭到的實際的困難情況，茲只舉幾項事實如下：（一）欠職工的薪水達一個半月之久。（二）負債約計食米二千四五百雙市石，中間以不合理的

高昂電力費為。（三）員工伙食已經無肉維持，隨時都有斷炊之虞。

（四）派認了勝利折實公債六千九百分，催索至急，大有非在幾天
內繳納不可，有時候，確有不大顧忌事實困難的趨勢。

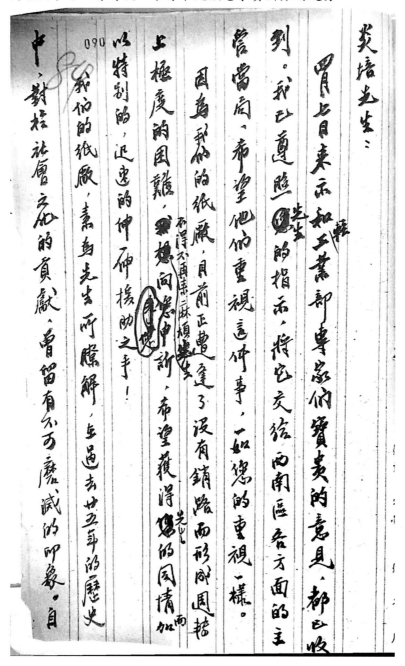

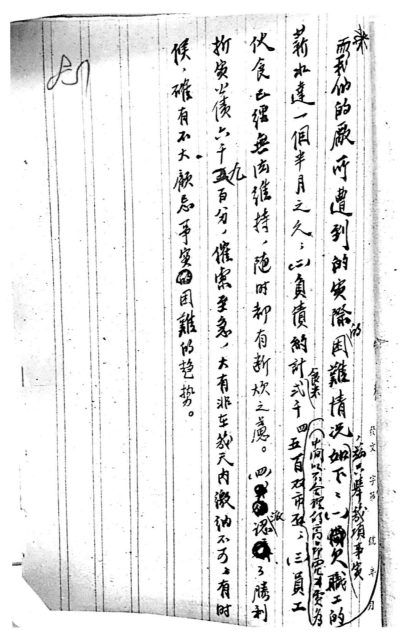

信函沒有落款，無寫信人和寫信時間。不過從字跡上可以看出這是嘉樂紙廠董事長李劼人的親筆，從內容上可以推測出寫信時間是在 1950 年 4 月 7 日以後。1949 年的嘉樂紙廠因時局動盪而 3 個月無生意，停產 9 個月，元氣已經大傷。四川中華人民共和國成立後，出版事業風起雲湧，紙張需用量激增，給嘉樂紙廠帶來生機的希望。在 1950 年 1 月 11 日召開的嘉樂製紙公司第九

屆二次董監聯席會議決議紀要中，充分顯示了李劼人及其同仁對於嘉樂紙廠的未來發展前景是充滿了信心的。然而好事多磨，產品的銷量並不好，董事長李劼人非常著急，四處託關係、找門路，想方設法打開銷路。四處碰壁之後，他想到了一個可以求助的對象——黃炎培〔註1〕。

李劼人為什麼會想到黃炎培呢？

首先是黃炎培時任輕工業部部長，造紙業隸屬於輕工業部管轄。

其次李劼人與黃炎培應該有私交的，李劼人為了嘉樂紙廠的事情拜託黃炎培也不是第一次了。翻開黃炎培的日記〔註2〕，就多次提到李劼人與嘉樂紙廠：

1939 年 3 月

（22 日）三時，偕幼椿假沙利文設茶點邀談，到者邵明叔、尹仲錫、劉豫波、李伯申、裴鐵俠、周太玄、陳益廷、黃潤余、廖學章、李劼人、鄧雪冰（文儀），前六人皆發言，一片為民請命之聲。

（27 日）傍晚回。劉縣長來。武大秘書丁景春來。高公翰來，未晤。黃哲明及王懷仲（璐）來（嘉樂紙廠經理）。

1939 年 3 月 3 日，國民參政會成立以李璜為團長，黃炎培為副團長的「川康建設視察團」。22 日所記載的就是這期間在李璜的介紹下認識當時四川的各界精英，其中就有李劼人。24 日出行考察，第一站就到了樂山，27 號接見了嘉樂紙廠發起人之一的廠長王懷仲。

1940 年

成都空警，散步西郊，歸為鄉人說亭林故事三絕句：

背郭堂空掩夕霞，江南遊子老無家；

白頭多恐傷遲暮，紅到交蘆一片花。

——百花潭西紅蘆豔絕

〔註1〕黃炎培（1878～1965），上海川沙人。著名民主革命家、教育家。1905 年加入中國同盟會。辛亥革命後，任江蘇省教育司司長、江蘇省教育會副會長。1917 年發起創辦中華職業教育社。抗日戰爭時期，任國民參政員。1940 年參與籌組中國民主政團同盟。1945 年底發起建立中國民主建國會。建國後，歷任中央人民政府委員、政務院副總理兼輕工業部部長、全國人大常委會副委員長、政協全國委員會副主席，中國民主建國會中央主任委員。

〔註2〕黃炎培：《黃炎培日記 1942.9～1944.12》第 8 卷，中國社會科學院近代史研究所整理，北京：華文出版社，2008 年。

蜀西秋老似江南，國破家亡人健在，

慚愧亭林尚有田，誰人解得沉深意，

密竹疏楓映綠潭；河山一擔我猶堪。

雁門雪墾華陰煙；辛苦牛羊澤滿千。

讀周孝懷所為，《辛亥四川百變之我》，載各種文件，因李劼人
《大流》加以惡評而為辯白。

此處的《大流》應為《大波》。李劼人現實中對於周孝懷的評價並非「惡
評」：「在談到楊度和周孝懷時，他認為楊不如周，因為周說得上是個策士，晚
年在上海成了金融界的主要幕後人物，比黃炎培厲害。而楊不過善於投機而
已。」〔註3〕

不過從日記中可以得知，黃炎培不但認識李劼人，並且還讀過其作品。

1943 年

3 月

（10 日）昨夜少睡，今晨未得晏起，九時至參政會，李幼椿、
李劼人來談嘉樂紙廠向四聯借款事，為函介劉攻芸〔註4〕。

（11 日）

午，招李劼人（陝西街余家巷 21 嘉樂紙廠辦事處）及幼椿、舜
生來雜談，維手治便餐。

5 月

（3 日）電樂山嘉樂紙廠李劼人；劉秘長已洽，即日提出貸款
會，再提理事會，才完成。趙棣華關係最切，已徑洽。

（8 日）訊李劼人樂山，寫字於貝淞孫來箋上。

〔註3〕 王爭戰整理：《沙汀日記中的李劼人史料》，成都市文學藝術界聯合會，李劼人
研究學會編：《李劼人研究 2007》，成都：巴蜀書社，2008 年，第 227 頁。
〔註4〕 劉攻芸（1900～1973），福建侯官（今福州）人，原名駟業。早年入上海聖約
翰大學附中。後赴美國、英國留學，1927 年獲倫敦經濟學院博士學位。回國
後，在清華大學、中央大學任教。1928 年，在上海與李鴻章的侄孫女李國珍
結婚。後任中國銀行總帳室主任，國民政府交通部郵政總局副局長，四行聯合
總辦事處秘書長，中央信託局局長兼蘇浙皖區敵偽產業處理局局長，中央銀行
副總裁、總裁，財政部部長。1949 年前夕，主持將黃金密運臺灣的任務。1950
年定居新加坡。後任新加坡華僑銀行顧問、華僑保險公司董事經理。參見尚海
等主編：《民國史大辭典》，北京：中國廣播電視出版社，1991 年，第 770～77
頁。

從上邊日記得知，3 月 10 日李劼人希望從「四聯」得到貸款，託黃炎培代為介紹四聯總處秘書長劉攻芸。第二天黃炎培就召集李劼人等人來家吃飯聊天。到了 5 月，向四聯貸款的事情終於得到了劉秘書長的答覆，黃炎培迫不及待將喜訊告訴李劼人，過了幾天又再次寫信給李劼人，可惜無從得知具體內容。不過從 3 月到 5 月，兩個月的時間雖然不長，但對於李劼人個人已經是翻天覆地的變化了：身兼董事長與總經理雙職的李劼人在 4 月 1 日的股東大會上被部分股東責難而憤然辭去總經理之職。其實 1943 年對於一直在苦苦掙扎經營的嘉樂紙廠來說，是一個大轉折期。1943 年教育部規定全國中小學教科書儘量採用嘉樂紙印刷，這好比雪中送炭，嘉樂紙的產量增為一年三萬多令，登記資本也漲到了五百萬元，嘉樂紙廠迎來了其開創以來最好的發展時期。李劼人此時就是抓住這個機遇，借款購買設備，擴大生產規模。不過因為部分股東還沒有看到這樣的發展勢態，對於董事長李劼人的經營管理頗多責難，李劼人憤而辭職並於會後立即返回成都不再過問公司事務不過到了 8 月份，誤會消除，董事會又聯名請回了李劼人董事長。由此，嘉樂紙廠迎來了其黃金時期，為抗戰、為大西南的文化事業作出了巨大的貢獻。

作為民營企業，嘉樂紙廠從 1925 年由李劼人及其同仁在創辦之初就秉承著實業救國的理想。抗戰前，中國有機器造紙工廠 32 家，但大多集中在上海、江浙一帶。四川機製紙廠，戰前僅嘉樂紙廠一家。抗戰爆發後，因為交通中斷而導致紙張供應奇缺，紙張被作為「日用必需品」而為政府所統管，嘉樂紙廠在中國抗戰最艱難、物質最緊缺的時刻，最大程度地發揮了其作用，其生產的紙張在一定程度上緩解了軍用、民用紙張的危機，一方面作為新聞用紙而為抗戰宣傳發揮了特別的作用，而被選作為國定本教材專用紙張後，更為大後方的文化事業作出了巨大的貢獻。而在紙廠獲得盈利之後，在股東第一次分紅之前，嘉樂紙廠就設立了「文化補助金」這個專項基金，將辦廠的目標和理念落到了實處，讓人感動於中國知識分子的一片救國情懷和無私之心。1940 年嘉樂紙廠設置了「文化補助金」。該項資金是嘉樂紙廠專撥一筆款項用來資助本廠子弟、幫助社會辦學和慈善事業、援助清貧教授、扶持文化團體等等項目，經費不固定，根據紙廠實際營業狀況和財政支出能力而定。從嘉樂紙廠開始盈利之後，李劼人以實業來資助文化、打造西南文化事業基礎的理想抱負終於有了實現的可能，其文化補助金也就由最初的個案變成了有計劃、有規章的實施項目。而其中的一項也與黃炎培的兒子黃方剛有關。

　　黃炎培的長子黃方剛 1939 年赴任西遷樂山的武漢大學哲學系教授，在抗
戰時期同樣陷入貧困飢寒。為了生計，黃方剛的美國妻子微華蘭自做油炸麵包
圈當街叫賣。1944 年黃方剛不幸又染上肺病，辭世時年僅 44 歲。黃炎培一腔
悲愴化作一篇志文：

哲學家黃方剛墓誌〔註5〕

　　方剛一生清正，抱道有得。言行一致，誠愛待人。取物不苟，
著書講學，到死方休。雖其年不永，亦可以無愧於人，無愧於天地。

　　長兒方剛，窮研哲學，歷任廣西、東北、北京、四川、武漢各
國立大學及華西大學教授，東北大學文理學院院長，凡十六年。以
清光緒二十七年三月十三日生於江蘇之川沙，民國三十三年一月十
七日歿於四川樂山武漢大學教席，年四十四。以同年月葬於樂山凌
雲鄉馬鞍山東一公里許，其及門李樹芳贈地：著有《道德學》《蘇格
拉底》，余叢稿未印行。母王糾思，妻微華蘭，子十九、海川、岷江，
父黃炎培哀記。

　　黃方剛教授去世後，嘉樂紙廠撥出壹萬元作為黃方剛先生獎學基金捐贈
給國立武漢大學，一是紀念英年早逝的清貧教授，一是獎勵積極向學的貧困學
生。1944 年武漢大學設置獎學金獎勵學生，每人三千元。

　　附：黃方剛獎學金臨時保管人方重、朱光潛致嘉樂紙廠收據函

　　承惠捐黃方剛先生獎學基金國幣一萬元正，已全數照收，暫存
中央銀行。稍遲當正式奉函申謝，先將此收據送上，即請

　　嘉樂紙廠允照。

黃方剛獎學金臨時保管人
方重（章）朱光潛（章）
卅三年三月四日

〔註5〕黃炎培；《黃炎培日記》（第 8 卷），中國社會科學院近代史研究所整理，北京：
　　華文出版社，2008 年，第 264 頁。

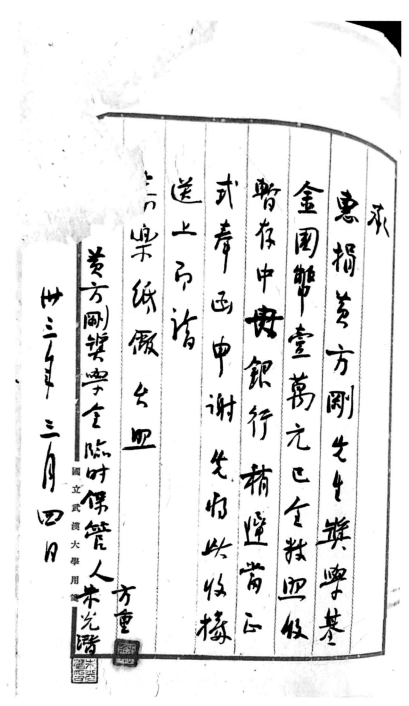

承

惠捐黃方剛先生獎學基

金國幣壹萬元已全數四收

暫存中央銀行於正

武春函申謝先特此收據

送上方諸

嘉樂紙廠公亟

黃方剛獎學金臨時保管人朱光潛

方重

國立武漢大學用箋

卅三年三月四日

　　由此種種，李劼人在中華人民共和國成立後，當嘉樂紙廠再次遇到生存困境的時候向黃炎培求助，也就不再唐突。

271

北京輕工業部對本計劃的指示

中央輕工業部專家對於四川嘉樂紙廠手工造漿機器製紙的意見．紡織纖維、木材，以及竹草，引為造紙原料．目谷有其經濟上的地位；其產品紙張，亦各有其用途上要求的條件，我國利用嫩竹，手工造紙：由來已久，產量亦宏，川省尤為主要省份，抗日戰爭中，紙定時期，實利賴之，誠如所述，採取嫩竹（川中有兩李審料與冬料），利用自然環境，簡單工具，耕作之暇，製成紙料，成本自不高昂，嘉樂紙廠擬收購以供機器造紙可謂獨得兒地，使嫩村大宗原料，不致委棄，農民仍有原料初步加工的工作與收入，至為妥善．合作社原為人民政府經濟政策的一環，這堅勞勤羣衆的經濟組織，通過合作社與國家經濟合作是很好的，故似應先與當地行政機構熟商從組織情戶與竹農着手，以利推行。

經工業部 一九五〇年
四月七日

這是前文李劼人寫給黃炎培信中提到的「四月七日來示」：

北京輕工業部對本計劃的指示

中央輕工業部專家對於四川嘉樂紙廠手工造漿機器製紙的意見，紡織纖維、木材，以及竹草，用為造紙原料，自各有其經濟上的地位；其產品紙張，已各有其用途上要求的條件，我國利用嫩竹，手工造紙，由來已久，產量亦宏，川省亦為主要省份，抗日戰爭中，紙荒時期，實利賴之，誠如所述，採取嫩竹（川中有兩季：春料與冬料），利用自然環境，簡單工具，耕作之暇，製成紙料，成本自不高昂，嘉樂紙廠擬收購以供機器造紙可謂獨得見地，使農村大宗原料，不致委棄，農民仍有原料初步加工的工作與收入，至為妥善。合作社原為人民政府經濟政策的一環，這些勞動群眾的經濟組織，通過合作社與國家經濟合作是很好的，故似應先與當地行政機構熟商從組織槽戶與竹農著手，以利推行。

輕工業部

一九五〇年四月七日

在收到李劼人的救助信件以後，黃炎培也迅速做出了反應。

中央人民政府輕工業部（通知）

事由：為通知已請人民銀行總行轉西南區行低利貸款及出版總署轉川省各出版社儘量採用紙張由

受文者：成都嘉樂紙廠

日期：一九五〇年五月二十四日

字號輕紙第 2145 號（中央人民政府輕工業部印）

五月四日電呈因產品滯銷瀕於停廠，懇令川東、西出版界在印製秋季教科書時，儘量採用出品，並商人民銀行低利貸款等情一案，當經我部分別函致中國人民銀行總行及出版總署轉商，茲接中國人民銀行總行放字第一〇〇號函復，略謂「四川私營嘉樂紙廠，因產品滯銷要貸款一案，已轉知西南區行予以調查後辦理。」至於出版總署方面，續經我部派人前去面洽，亦允轉知川省各出版社，如需用紙張時予以採用。據電前情，合行通知，希即分別逕與洽辦。

部長　黃炎培（章）

有了此公文，人民銀行、四明銀行和銀聯作出迅速反應，5月給予嘉樂紙廠押借、押匯貸款 4.1 萬元，10月人民銀行再次貸款 3 萬元。嘉樂紙廠由此解決了原料購買資金，年底共生產紙 475 噸，職工的生活困難也得以緩解。

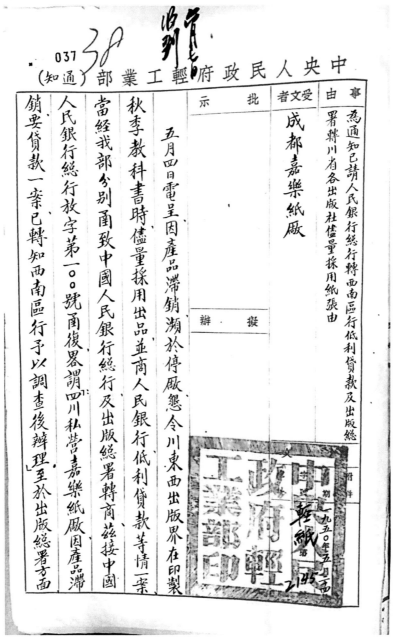

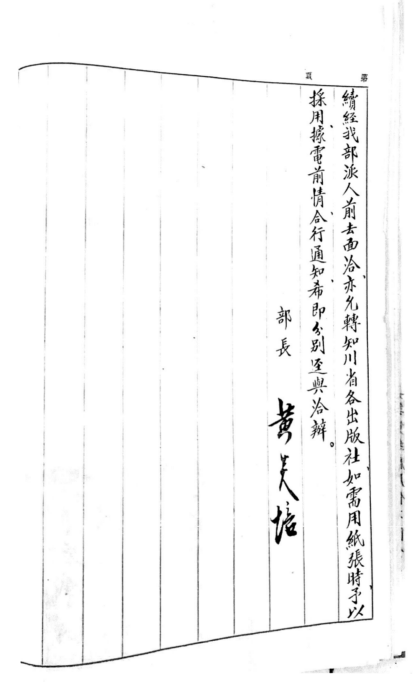

續經我部派人前去面洽、亦允轉知川省各出版社如需用紙張時予以採用據電前情合行通知希即分別逕與洽辦。

部長　黃炎培

　　查閱了眾多的資料，很難再發現黃炎培與李劼人更多的交往。然而，所謂君子之交，所謂惺惺相惜也就如此吧。黃炎培與李劼人都曾經立下過不為官的誓言，前者奉行「職業教育救國」，後者踐行「實業救國」的理想。在中華人

民共和國成立後，前者以 71 歲的高齡出任中央人民政府委員、政務院副總理兼輕工業部部長，後者出任了成都市副市長，二者都是基於強烈的社會責任感，都認同於中國共產黨的領導，都目的在於造福民眾，貢獻國家。一個嘉樂紙廠作為聯繫的紐帶，把李劼人和黃炎培聯繫在了一起，為歷史留下了一段佳話。

此文發表於《浙江檔案》2017 年第 9 期

李劼人與盧作孚的實業交往——
圍繞在嘉樂紙廠周圍的名人檔案解密之二

內容摘要：

　　1925 年李劼人與盧作孚曾經共同發起創建嘉樂紙廠，後李劼人創辦了嘉樂紙廠，盧作孚創辦了民生實業公司。共同的實業救國理想，不同的實業實踐，彰顯了一代有識之士拳拳的報國之志。

關鍵詞：李劼人　盧作孚　嘉樂紙廠　民生公司

　　在嘉樂紙廠現存的檔案中，有這樣一份檔案：

一、中華民國十四年八月廿三日即乙丑歲七月初五日（星期日）

　　萬基造紙公司發起人集會於磨子街 110 號李劼人家，為籌備期間第一次正式集會，出席者有李劼人、鄭璧臣（成）、程宇春、陳子立、宋師度、陳𡗶鯤、楊雲從、李澄波、王懷仲、盧作孚共十人。

　　首由李劼人說明創意辦此公司之由來，並介工程師王懷仲與眾；次即由王工程師述其在外國、外省調查紙業之經驗並川省之需要。眾人討論歷一時許，都認創辦此業為必要，議決在籌備期間不妨再招發起人。

　　（一）又議決著手之前。須由王工程師親自赴綿竹、灌縣、夾江等處實地調查材料、產額、原料價值及場地等；

　　（二）於調查期間即函天津機器工廠詢造紙機情形；

　　（三）凡發起人若前次已納二十元為工程師歸川盤費者續補三

十元，共湊五十元；若新加入之發起人則一次納五十元，為王工程師調查旅費及籌備處之辦公費；

（四）俟工程師事竣歸來，即一面作計劃書招股一百，去函定製機器，預擬須繳定錢五百元，當於去函時匯去；

（五）繼議定本公司定名「萬基造紙公司」〔註1〕；

（六）公推李劼人為籌備主任，在籌備期間每次集會由主任通知發起人，出席在五人以上始開議；

（七）籌備期間暫假磨子街110號楊家花廳為會所；

（八）議決後即由各人親筆書認股數目，除王懷仲認股五百元外皆認一千元，自出與代募任便。當時得認股數共九千五百元。發起人朱良輔係最後由宋師度將認股單攜去，由本人親書認股一千元，連前各發起人所認達一萬零五百元。

各發起人親筆所寫之人孤單黏（黏）附

十四年八月二十三日，發起人第一次集會於李劼人家。

李劼人認股一千元，自出五百元，代募五百元；鄭璧成認股壹千元，自出五百元，代募伍佰元，總府街錦華館六十五號；程宇春認股壹千元，自出、代募（各）五百元，東勝街12號；陳子立承認自出、代募共壹千元，布後街八號；宋師度自認、代募共壹仟元，同上；陳肅鯤認募壹仟元，提督街精益酷莊；楊雲從自認股壹仟元，西御河沿七十一號；李澄波認壹股壹千元，總府街國民公報發行處；王懷仲認半股伍佰元；盧作孚自認、私募共壹仟元；朱良輔自認、代募壹千元。

中華民國十四年十一月八日即乙丑年九月二十二日（星期日）

萬基造紙公司眾發起人在李劼人家開第二次會議。

是日到會者為李劼人、王懷仲、宋師度、朱良輔、鄭璧臣（成）、陳子立、程宇春、楊雲從、陳肅鯤，新增發起人二：劉星垣、鍾繼豪。

李澄波因事不能至，函託鄭璧臣（成）代表，盧作孚出省因，彼與孫少荊只合認五百元。是日孫少荊亦因事不能至，有函來告缺

〔註 1〕萬基造紙公司選址在樂山後改名為嘉樂紙廠。

席。盧作孚函言已邀俞鳳崗加入，但通知寄出，是日竟不來且無一
字通告。（盧二信孫一信黏（黏）附）。

是日議事略計如下：

（一）工程師王懷仲報告調查之經過（有報告草稿黏（黏）附）；

（二）決定廠址設在嘉定。對此議案稍有爭執，有主設成都。
　　　此？？點在股東之與會，後因覃明設成都不經濟，始決
　　　議設在嘉定。但陳壽鯤意欲不愜，宣言尚在考慮，中途
　　　退席。

（三）通過草章；

（四）決議派工程師赴天津購機器，眾議旅費九十元，三個月
　　　在津督造機器費用一百一十元，購成之後並督運回川；

（五）決議趕印計劃書、草章、正式收據等件；

會議至此天色已入暮，劉星垣因頭疾先退，託朱良輔代表。是
日一則為工程師慰勞，一則餞行，設有酒食，遂入座且食且議第六
款；

（六）因工程旅費及定（訂）購機器時即日應繳納二千五百元
　　　之款，遂議決由發起人各於七日內先交一小股，前已交
　　　過五十元，故只再補五十元，嗣餘三個禮拜內交二百元
　　　以便匯京。宴畢即散。

新加入發起人之地址：

劉星垣，鼓樓北二街六十五號；

鍾繼豪，成都郵務總局內。

檔案中赫然出現有這樣一個名字——盧作孚。盧作孚，現代中國一個響噹
噹的人物。毛澤東曾經講過，「在中國民族工業發展過程中，有四個實業界人
士不能忘記，他們是搞重工業的張之洞，搞化學工業的范旭東，搞交通運輸的
盧作孚和搞紡織工業的張謇。」〔註2〕搞交通運輸的盧作孚一生創造了很多神
話，最為有名的就是被譽為「中國的敦刻爾克大撤退」：1938年武漢失守後，
盧作孚率領他的船隊經過四十天的奮戰，把三萬多撤退到重慶的人員和近十
萬噸的遷川工廠物資搶運到了四川。盧作孚以及他所創建的民生公司也被載

〔註2〕轉引自盧國紀的《我的父親盧作孚》，成都：四川人民出版社，2003年，第444
　　　頁。

入了史冊。而嘉樂紙廠檔案展現了歷史曾經的一個瞬間——盧作孚在籌措創建民生公司的時候，也參與了發起創辦嘉樂紙廠。

從第一則檔案得知，發起人之前就已經針對創辦有過熱議廠，並且為王懷仲的回國旅費已經有過一次集資。因為沒有具體記錄，無從得知盧作孚之前有無出資，但是在 1925 年的 8 月 23 日，盧作孚是作為發起人參會並認了股的。第二則檔案顯示當時盧作孚是自認和私募一股，合計一千元。圖片三顯示在發起人第二次會議時，盧作孚有事不能來，認股也變成與孫少荊合認股 500 元。雖然人不能親到，但是他又邀請了當時成都地產大鱷——俞鳳崗加入發起人行列。為此他專門寫了兩封信給李劼人，可惜這兩封信遺失，無從得知盧作孚當時出省去了哪裏，他是怎麼說動俞鳳崗的，為何他認股數量要減少。

不過，在查閱盧作孚的相關文獻記載中，發現盧作孚當時是在上海為新籌建的民生公司訂購輪船。早在成都負責通俗教育館的時候，盧作孚就萌生了要創辦實業的念頭。1925 年 7 月辭去通俗教育館館長職務後，有了發展交通的打算，並在 8 月返鄉著手實施。在《盧作孚年譜》中，有這樣一段記載：

> 10 月 11 日民生公司籌備會在合川通俗教育館和陳家花園舉行，到會者有盧作孚、劉勃然、陳念孫、周尚瓊、黃雲龍、陳伯遵、彭瑞成、趙瑞清、余文舫、張程遠、盧志林、劉潤生等 23 人，多為盧作孚同學、好友、地方商賈和知名人士，公推盧作孚為籌備主任。會議議定創設民生公司，定股本為 5 萬元，每股 500 元，分 4 次繳納，由各發起人分頭勸募，張程遠為出納，彭瑞成協助張程遠在合川收款以及籌備公司的成立；盧作孚、黃雲龍（盧作孚的同學）擔任造船，籌備員赴申旅費，由陳伯遵（盧作孚幼時的老師）墊付銀洋 200 元。一切籌備人員，一概不支月薪，包括第一次到上海購船的旅費也由個人墊支。〔註3〕

同樣的約股集資方式，同樣的籌建計劃，民生公司的籌備與萬基公司的籌備如出一轍。初期集資入股 5 萬元，都是邀請同人、好友、地方商賈和知名人士。1926 年 8 月 30 日在上海訂製的「民生輪」駛回合川標誌著民生公司的正式營業；嘉樂紙廠也在 1927 年 4 月正式投入生產。

與民生公司的發展壯大不同的是嘉樂紙廠的發展非常艱難，從 1927 年到 1935 年，時開時停，一直苦苦支撐。期間，盧作孚還曾邀請李劼人到民生公

〔註 3〕張守廣編：《盧作孚年譜》，南京：江蘇古籍出版社，2002 年，第 26 頁。

司做了兩年的民生機器修理廠廠長（1933～1935 年），因為經營理念的不一致，李劼人離開了民生公司回到成都，專注於文學創作。在全身投入於創作的同時，他仍然利用自己廣泛的人際關係，在成都為嘉樂紙廠的發展盡心盡力。而作為曾經參與發起創辦的盧作孚也不忘初衷，對於嘉樂紙廠也給予了力所能及的幫助。

1935 年底，因為民生公司獲得成功而出任四川省建設廳廳長的盧作孚，積極籌劃利用四川豐富的造紙資源，建設大規模紙廠。嘉樂紙廠聞風而動，計劃加入並積極擴充，王懷仲廠長在 1936 年正月專門出川考察，遍歷京滬、華北各廠參觀，到七月才返川。嘉樂紙廠的工程師梁彬文也應盧作孚之約任建設廳技正，專為籌劃大規模紙廠。可惜大紙廠計劃隨著盧作孚的離任而擱淺，嘉樂紙廠也失去了一次擴展壯大的機會。

1936 年在重慶時設法幫助嘉樂紙廠搞到機器運輸免稅證〔註 4〕。

抗戰時期的嘉樂紙廠生產的嘉樂紙被稱為「上等紙」，大量紙張被運往陪都重慶，航運得到了民生公司的大力支持。

1946 年還曾與李劼人、永利老總范旭東、金城銀行經理戴自牧等商議合作在四川建設一個大規模的紙廠，可惜因為永利老總范旭東的逝世而作罷。

嘉樂紙廠雖然沒有民生公司那樣的力挽狂瀾，但是在抗戰時期也實踐著李劼人的實業理想──「作中國西南部文化運動之踏實基礎」〔註 5〕：抗戰時期紙張嚴重匱乏，而隨著國民政府遷都重慶，對於紙張的需求量急劇增加，一時洛陽紙貴。嘉樂紙廠生產的「嘉樂紙」被稱為「上等紙」，最大限度地滿足了抗戰期間作為大後方的各行各業用紙的需要，為抗日戰爭時期的文化傳播作出了重要貢獻。

歷史曾經在這兒轉了一個彎，生於 1891 年的李劼人與生於 1893 年的盧作孚，在 1925 年差點共同辦成了一個紙廠。今天我們很難設想要是盧作孚當

〔註 4〕1936 年 7 月 19 日，盧作孚在寫給朱樹屏的信中提到「運嘉樂紙廠機器免稅證請速交李劼人」，參見黃立人主編，項錦熙，胡懿副主編：《盧作孚書信集》，成都：四川人民出版社，2003 年，第 529 頁。

〔註 5〕1925 年少年中國學會曾經發起填寫《組委會調查表》，同為少年中國學會會員的李劼人和盧作孚都填寫了調查表。在「事業」欄裏，1925 年 9 月 4 日李劼人填寫內容為「現在初入社會，尚無事業之可言。近正在成都方面集資組織造紙公司，擬作中國西南部文化運動之踏實基礎」；1925 年 10 月 25 日盧作孚填寫的是「辦理成都通俗教育館」。參見張允侯等編：《五四時期的社團》（1），北京：生活‧讀書‧新知三聯書店，1979 年，第 523 頁。

初與李劼人攜手共同投入到紙業發展中來會是怎樣。但是，無論是投身紙業還是交通運輸業，目的都在於實業救國，而在二者的實業經營過程中，其實業業績為世人所熟知，其救國意義日益凸顯。

此文發表於《浙江檔案》2017 年第 10 期

李劼人和李璜——圍繞在嘉樂紙廠
周圍的名人檔案解密之三

摘要：

　　民國時期，李劼人與李璜有著許多的交集：同為少年中國學會會友，同為留法勤工儉學的學生，同為嘉樂紙廠的股東。儘管最後政見不同，儘管最後命運不同，但無論是從政還是經商，其內心堅守的精神是一致的，那就是少年中國學會的宗旨——本科學的精神，為社會的活動，以創造少年中國。

關鍵詞：李璜　李劼人　少年中國學會　勤工儉學　嘉樂紙廠

　　因著董事長李劼人的關係，在嘉樂紙廠檔案裏有著為數不少的民國民人，李璜〔註1〕就是其中一位。

　　李璜在嘉樂紙廠有著這樣幾個身份：股東代表、顧問。

　　李璜名字最早出現在嘉樂紙廠股東檔案裏：

〔註 1〕李璜（1895～1991），字幼椿，號學鈍，又號八千，四川成都人。現代政治家、思想家、中國青年黨創始人、國家主義者。歷任武昌大學、北京大學、成都大學歷史系教授。1949 年定居香港，任香港中文學院教授，並往來於港、臺之間。被推舉為青年黨「中園派」首領，為中國青年黨的領袖人物。任臺灣「總統府」國策顧問委員會委員。1991 年 11 月逝世於臺北。著有《學鈍室回憶錄》，參與編撰《中華民國史》。參見周靖主編：《百年中國歷史教育箴言集萃》，上海：學林出版社，2012 年，第 53 頁。

戶名 代表人姓名	股數 股權 股本金額	投資時間	住址 備考
王煥熙	三三	一九三五年 刻附均	成都上南大街
王恩蕙 李幼椿	三三 一四	一九三九年	成都外南成那体育專科學校
王利貞 李幼椿	三六 一四	一九四一年	育專科學校
王恩蕙 李幼椿	三六	一九四一年	成都化龍街列
田口好堂 田明誼	三00 三三三	一九四0年	成都東御河沿敬新恆
王世琨	四四 三七	一九五五年	成都青石橋南街8號
朱良輔	三六 元七	一九五七年	成都四川大學歷
江石欽 向仙樵	一00 九0	一九三九年 國光十三號	成都四川大學歷
飯石居 向仙樵	三00 二八	一九三九年 國光十三號	成都城守東大街8號
年雲章		一九三九年 街8號	成都城守東大

　　這份檔案標記了股東王恩蕙名下的股票126股投資於1939年，股東代表為其夫李幼椿。另外，還有份檔案也清楚地標記了李幼椿股東代表人的合法身份：

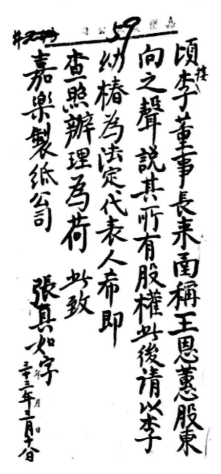

這是嘉樂紙廠常務董事張真如親筆所寫的：

> 頃接李董事長來函，稱王恩蕙股東向之聲說，其所有股權此後
> 請以李幼椿為法定代表人，希即查照辦理為荷。此致
> 嘉樂製紙公司

張真如字

三十三年三月十八日

　　1944 年 4 月 30 日召開了第九屆股東大會，張真如的信寫在股東大會之前，目的在於確定股東身份。1944 年 5 月 3 日，在嘉樂公司第五屆首次董監聯席會議上，李璜又被嘉樂公司聘為顧問，1945、1946 年嘉樂紙廠職員名單中，顧問欄下都有「李幼椿」。而對於顧問，嘉樂公司每月都會致送車馬費的〔註2〕。1944 年 7 月 14 日的嘉樂公司第七次常務董事會議上，記有李幼

〔註 2〕參見拙文《馬寅初的一封散佚信件》，《浙江檔案》2015 年 11 期。

椿介紹王慧齡女士去樂山工廠服務，董事會的處理意見是由工廠負責人決定，並沒有因為是李幼椿的關係就直接決定了。1944 年 8 月 17 日的第十次常務董事會會議記錄上，所商議的事項第一條就是：

> （一）本公司黃肅方董事、李幼椿股友即將赴渝出席國民參政會議，本會應供給關於物價資料請求政府切實限價，無論國營、民營應請一律待遇，以維民營業案：

> 決議：通知樂山工廠將嘉陽煤價、岷江電價、永利城價自去年六月份起至今年六月份止，將每次所提實價、原價以及提價之月、日迅速詳為列表寄蓉，交請李、黃兩君作為提案資料〔註3〕。

在嘉樂紙廠的檔案裏還存有李幼椿的一封信函：

> 兆華〔註4〕先生大鑒：

> 　　久違雅教，無任企念，近維起居安善。聞嘉樂公司總經理一職自劼人兄辭去後，由先生代理，弟等均甚欣慰。茲有一事煩請慮即。在重慶之嘉樂分公司中，弟曾介紹一事務員名楊燦如，專任跑街下河接貨交涉等事。任事以來，尚稱勤能。分公司之高副經理伯琛亦認為滿意。乃昨聞有停職之說。弟願先生去函重慶分公司高副經理囑予保留。不勝感荷！為此小事，弟之所以肅函瀆請者，因弟時常去渝，不能不租屋兩間，而此屋由楊燦如君代弟看管。若楊君去，弟甚感不便。且楊君在渝多年，歷任煤廠及商號跑街下河工作，此人確為重慶分公司所必需，絕非位置私人，白費開支，且年來弟□分公司處專接洽貸款，深知公司之艱難情形，萬不能以私而損於公也。再楊君在□職數月，均係每月暫支五百元，此數本不夠生活，其餘乃由弟津貼。尚望先生念弟此種苦衷也。重慶分公司若生意須做，實需此種工作人員。聞分公司李會計曾新介紹有事務員加入，可見營業必需。再楊君並無過失，望先生函詢高副經理伯琛即知之。瀆瀆請原鑒。

> 　　即頌道安。

> 　　　　　　　　　　　　　　　弟李璜拜上，六月廿一日

> 附高伯琛副經理致楊燦儒君函二紙。

〔註3〕本文所用檔案除非特別標注，全部樂山市檔案局。

〔註4〕應是吳照華，時任副董事長兼代總經理。

北華先生大鑒，雅教多日，未能趨候，至為歉仄。

茲者敝廠因事商請先生代理廠中業務，欲借重大才一事，煩為辦理。查重慶方面電廠，下列貨物所需甚急，應請一一辦就，各員名楊燦如專任經辦。

茲嘉樂分公司不日開辦，一切業務尚未就緒，承先生以來者，極為歡迎。所有滿意乃所有優職之說不多。

#192下河接貨委時，各員名楊燦如專任經辦。

經理伯羅，如辦理廠事保留位置，不致租賃歲荒，所以事因小時常生意，不致租賃。

先生大才出重慶不日開辦經理廠事。

兩商如此由楊燦，楊君代為看管，楊君不必若慮。

陵此楊君在渝多年，歷任敝廠及商業職銜，不任工作。

落款雖然沒有寫明年份，不過實際時間應該在 1943 年。1943 年 6 月 2 日
吳照華副董事長開始代行總經理職責。吳照華在 24 日致信重慶分公司的袁子
修經理和高伯琛副經理問詢，並表明以才和不才作為人事考核標準的立場。7

月 2 日兩位經理回覆吳照華副董事長，楊燦如早就被辭聘，一是楊君兼職較多，不能全身心投入公司事務，二是公司當時也不需要專人負責跑街業務，所以只能請李幼椿先生見諒了。

　　王恩蕙名下的股票直到 1949 年李璜定居香港都沒有套現，於是在 1951 年嘉樂紙廠為公私合營而做股東身份確認時，填寫了這樣一份檔案：

　　股東王恩蕙標注的說明是：係反動青年黨黨魁李璜以妻王恩蕙之名入股，逃亡。股票也由企業提請交行呈轉西南財委批准暫行代管了。而在這份檔案裏，嘉樂紙廠的股東中也還有左舜生、曾琦兩位青年黨領袖。這不由得讓人生疑：李劼人特別親近青年黨嗎？爬梳一下歷史，就會發現並非如此，李劼人與李幼椿的交往應該相知於少年中國學會，相識於巴黎通訊社。

　　少年中國學會發起於民國七年六月三十日，截止於 1925 年 7 月 20 日的南京年會，少年中國學會存在時間僅 7 年又 20 天，然而因其聚集了當時眾多的社會精英，社會影響頗大。「此百零數人，在當時可稱全國有志青年之一種大結合，在學術上頗具一種勢力，此後在國內政治學術事業上雖然各人所走的道路不一，甚至有絕對相反者，但大半都有所建白。」〔註 5〕少年中國學會的

────────────────────

〔註 5〕舒新城著，文明國編，舒新城自述，安徽文藝出版社，2013.06，第 225 頁。

七個發起人中，曾琦、王光祈、周太玄都是李劼人在成都府高等學堂分設中學的同學。不過，李劼人能夠加入少年中國學會也並不只是因為是同學的關係，當時少年中國學會發展會員的條件非常高，與李劼人、周太玄、王光祈同班的郭沫若就因為不合條件而被拒之於外〔註6〕。

李劼人在少年中國學會成立時加入了少年中國學會，同年 8 月任新創刊的《川報》社長兼總編輯，聘請同學兼會友的王光祈、周太玄、曾琦分別任《川報》駐北京、上海、東京的通訊員。1919 年 6 月少年中國學會成都分會成立，李劼人任書記兼保管二職，並在 7 月創刊的分會刊物《星期日》裏擔任編輯。這時李璜來信邀請李劼人勤工儉學去法國為巴黎通訊社工作。

李劼人到了巴黎以後與李璜有很多的交集。李璜後來在其回憶錄《學鈍室回憶錄》〔註7〕中多次提到：

> 而我與大姐寓所，從此成為好友每月兩次周末聚餐之所，座中常客為徐悲鴻、蔣碧薇、陳登恪、周太玄、李劼人、陳洪、常玉諸愛好法國文藝的同學。（54 頁）

李璜的大姐李琦（字碧芸）後來與張真如結婚，前邊檔案裏提到的張真如為李璜寫股東代表證明也有著這一層姻親關係。

> 其實，據我所瞭解，以四川而論，能讀書至中學畢業之子弟，其家非商人即地主，絕少赤貧之家，而能栽培兒女至中學畢業者；尤其在民初，其時中學教育並不普及於四川各縣。然而四川勤工儉學生，到了法國，陷於困境，軍閥割據之下，固難言政府照顧，何以其父兄也忍心聽其子弟流落異國，而不動心呢？這據何魯之（曾代理劉厚擔任過一時的華法教育會秘書）與李劼人（小說家，彼時也在巴黎讀書）兩兄調查後告我，一因離家並未得父兄許可，因此負氣不願以苦狀報告家中，恥於求援；二因平素學業不佳，行為不檢，而早為其父兄所不滿，故自己心虛，認為向家裏求援，恐亦無效者。因劼人曾病腹膜炎重病，在巴黎公共醫院病房住過五個月，與數十勤工生之先後病者同室，故他詢知特詳。劼人本好事之徒，乃發起向同鄉同學函勸各人向家裏求援；自己如不願寫此種家信，

〔註 6〕參見陳明遠著，郭沫若的懺悔情結，忘年交——我與郭沫若、田漢的交往，學林出版社，199 年版，第 108～109 頁。
〔註 7〕李璜：《學鈍室回憶錄》，臺北：傳記文學出版社，1973 年。

則朋友可以代寫，只要把本人家住那裡的住址告訴出來便行。劼人
發起的這一種運動，頗為生效：為人父兄，未有不愛護其子弟者，
除了環境特別困難，一時尚想不出辦法外，半年之間，四川勤工儉
學生得著家庭救濟者，我已知數近一百人！（75頁）

在李璜筆下的「好事之徒」除了李劼人還有李石曾，而根據記載事項都頗
有急公好義的特徵。

二為始終自力為活，有助固好，無助也可以向國內賣文，得錢
即以餘時努力學業，這一種人也並不少，如我們的朋友周太玄、王
光祈、李劼人，以至發起組織中國青年黨的創黨人曾慕韓，他們都
或以譯書，或以通訊，向上海各書局與報館換取稿費為生，在法、
德等國支持多至四五年之久。（78頁）

李劼人在巴黎留學期間的費用，除了出國的路費是由親戚籌措，其他的費
用基本上是靠為國內搞翻譯、寫通訊掙來的。他就是這樣在法國堅持了五年。

在一九二二年夏之前，慕韓與我們雖非共而尚未反共。曾於一
九二〇年五月，有「少中」會友自上海赴德留學，路過巴黎，慕韓因
約集在法之「少中」會友歡聚時，也約世炎前來相聚，並不改其常
態。人總是具有情感的，何況我們年長一點的會友大都器重世炎，
世炎彼時也並未真的便成為馬克思的信徒，而遂認為我們都是小布
爾喬亞，不屑與談。因之，此後世炎有時也來與慕韓、太玄、劼人
等小聚。不過在一九二一年中，世炎已成為巴黎學生界中之忙人。
我們知其所幹為何事，也未問及，待之殷勤如故。（92頁）

上文所提到的赴德留學的「少中」會友是王光祈與魏時珍，都是李劼人的
同學兼好友。1936年，王光祈英年早逝，李劼人等幾個好友想法將其骨灰從
德國運回四川，存放在李劼人的「菱窠」，紀念石碑都是從樂山運到成都的青
石，由周太玄親筆題寫「王光祈先生之墓」。

少年中國學會當初的宗旨是「為社會的活動」，並商定凡加入少年中國學
會的會員一律不得參加彼時的污濁的政治社會中，不請謁當道，不依附官僚，
不利用已成勢力，不寄望過去人物；學有所長時，大家相期努力於社會事業，
一步一步來創造「少年中國」。但少年中國學會會員在1925年分化形成三派：
一是中國共產黨，一是以李璜與曾琦為首的中國青年黨，還有就是學術團體。
儘管中國青年黨中的李璜、曾琦、何魯之、魏時珍等都是李劼人的好友，不過

李劼人並沒有加入中國青年黨，原因在於「感覺到他們的政治見解太狹隘、太陳腐」〔註8〕。

政見不同，但是「本科學的精神，為社會的活動，以創造少年中國」的初衷仍然沒有變，這也促成了李璜成為嘉樂紙廠的顧問、股東，與紙廠董事長李劼人為發展我國機器造紙事業，建設中國西南文化基礎而攜手踐行。

此文發表於《郭沫若學刊》2019 年第 1 期

〔註 8〕李劼人：《回憶在法國勤工儉學時的片斷生活》，《李劼人選集》第五卷，成都：四川文藝出版社，1986 年，第 22 頁。

李劼人與陳翔鶴的一段實業交往史

　　李劼人和陳翔鶴都是中國現代文學史上的名家，前者在 20 世紀 30 年代以《死水微瀾》《暴風雨前》《大波》而聞名於世，其人被稱為「中國的左拉」，其文被譽為「小說的近代《華陽國志》」〔註1〕；後者雖然比前者晚生十多年，但是在 20 世紀 20 年代就作為淺草、沉鐘社的成員為文壇所關注。二者的交往歷史在陳翔鶴的《李劼人同志二三事》〔註2〕一文中有過詳細敘述，文中提到陳翔鶴當年為了躲避國民黨的追捕，被李劼人以住廠秘書的身份藏在樂山嘉樂紙廠的歷史。隨著李劼人實業檔案的研究深入，陳翔鶴在嘉樂紙廠的那一段歷史檔案也隨之浮出歷史的表層。本文擬以真實的檔案來具體呈現那一段歷史，給文學和歷史研究者提供第一手材料，為其研究提供一點有益的幫助。

　　1947 年 6 月陳翔鶴上了國民黨的黑名單，於是李劼人把陳翔鶴安插在嘉樂製紙廠股份有限公司樂山分公司裏庇護：

　　　　一九四七年初秋，一個陰雨綿綿的上午。陳翔鶴同志到成都上
　　中東大街崇德里內嘉樂紙廠董事會辦公室，找李劼人先生。但適逢
　　劼人先生因公到重慶去了。我是劼人先生的秘書，又是「成都文協」
　　的理事兼秘書，於是他告訴我，他得到通知，他上了黑名單，國民
　　黨特務正要抓他，想到樂山嘉樂紙廠躲避一下，可惜劼人先生不在。
　　我說，不要緊，我可以介紹你去找曹青萍廠長，並一面想法通知在

〔註 1〕1937 年郭沫若在《中國左拉之待望》一文中，評價李劼人的小說為小說的近
　　　　代史，至少是小說的近代《華陽國志》。參見《中國文藝》1937 年 7 月第 1 卷
　　　　第 2 期。
〔註 2〕陳翔鶴：《李劼人同志二三事》，《人民文學》1963 年第 2 期。

重慶的劼人先生。他告訴我他改用「定波」的名字。接著我給曹青萍廠長寫了封由他面交的信，大意是說他是劼人先生的朋友，因慕樂山山水名勝，準備到廠裏小住，望妥辦接待。他走後，我即刻跟劼人先生寫了封隱秘的信，我記得我大致寫了這樣的話：「前不久，那位送給你一盆文竹的名叫定波的朋友，因急事到樂山，順便遊覽山水名勝，並打算在廠裏小住些時目，……我已給曹廠長去信，請他妥善接待。……」劼人先生得我去信後，立即從重慶給廠裏拍去電報，要他們好好安頓他。以後，劼人先生回到成都，方才下條子任命翔鶴同志為駐廠秘書，並經董事會議通過。〔註3〕

　　這是嘉樂實業造紙有限公司秘書謝揚青講述的陳翔鶴當年去樂山嘉樂紙廠的經過。在嘉樂紙廠現存的檔案中，存有李劼人的一張便箋：

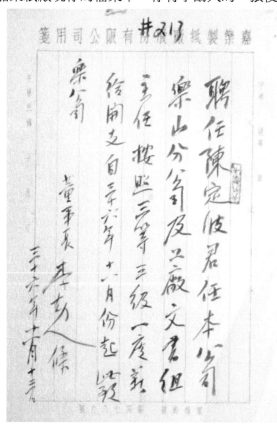

〔註 3〕這是謝揚青寫給陳翔鶴的兒子陳開第的信，裏邊所講述的與嘉樂紙廠現存檔案一致。參見陳開第：《〈李劼人傳略〉中涉及陳翔鶴史實的補正》，《新文學史料》1983 年第 2 期。

嘉樂製紙廠股份有限公司用箋

　　聘任陳定波君任本公司樂山分公司及工廠文書組主任，按照三
等三級一度薪給開支，自三十六年十一月份起。此致
　　樂公司

董事長李劼人條

三十六年十一月十三日

　　從這張便箋中，可以看到當時給陳翔鶴定崗為「樂山分公司及工廠文書組
主任」，定薪為「三等三級」。在嘉樂紙廠的薪水檔案中顯示，陳定波的薪水與
當時的廠長曹青萍的薪水同等，比一般的技術人員都要高。

　　領著薪俸的陳定波，也在認真地履行著自己的職責。董事長李劼人每半年
就要到樂山分公司來視察廠務關係，召開廠務會議，於是在嘉樂紙廠的檔案卷
宗裏，留下了陳定波親自記錄的四份廠務報告。陳翔鶴並沒有單純地做一個書
記員，而是關心廠裏的生產經營狀況，關注廠裏的管理，並且隨時積極向居住
在成都的李劼人彙報。

　　劼翁道席：

　　　　昨晚同張漢良先生閒談，他說他急切盼望你能於九月十日左右
　　來樂山一次，以便當面同你解決問題。若果等他回成都再來同你談
　　（他大約十五號起身），那就不如在廠裏對症舉例之來得具體了。

　　　　這次水災因有張在廠裏督帥，救起的硝，占三分之二，約值數
　　十億；若果沒有他，是會全部淹化的。那天我也在廠上，親眼得見；
　　這也足見人力之重要。張公需要的離心機二部（濾硝用）、鋼板等，
　　都非常急迫，並非說來耍的，望能從速辦到。

　　　　我們的硝，在經張改良確實已到85度，將來設備完成，技術得
　　心應手時，決可至90度以上。嘉裕的硝確實80度左右，（有時不
　　足），樂江67度～70度。這是化驗出來的，空口亂吹，絕對不可靠。
　　從前嘉裕與樂江都係亂吹。

　　　　此刻我們的化驗室非常忙碌，兩個化驗員從早忙到晚，有做不
　　完的工作。紙廠的人也很忙，不像從前那樣懶散了。因為張時常都
　　在問起工作。當然這也不是好玩的。在內行面前，不能東支西舞。⋯⋯

　　　　樂山的物價，這幾天之內漲了一倍有餘（自幣制改革後）。任何
　　東西都在亂漲亂蒙。

款子頂不出去（仍缺乏現鈔），原料無法購得，萍公甚為焦急。

洪雅也因無款（頂蓉甚難，頂樂無款交），不能進硝。張公天天來問「購硝已有多少了？」我只說「在買在買。」因為張很怕因缺硝而再度停工。此叩

刻安！

定波再叩

九月一日

「聞一多」全集是否已預約？圖書室有兩月多都未開支了。

劼翁道席：附上化驗室化驗報告計五頁，閱後請交負責人歸檔。內中 40# 報告最需注意——由此可見城粉成分可達 93.9%（此係化驗員由城鍋內將城粉取出，在化驗室內自己烘乾者）。而因在烘乾過程中，以烘灶不潔，及四周有煤灰滲入，致使城之純度減輕耳。

又據本公司現狀看來，似乎當須增職員，如果可能，是否可設法給謝慶善君一位置？這個人的品行、性情、能力均甚好，是你素所知道的。他託我向你說，已經有好幾次了，我因為見本公司未必須增人，故未向你說。他現達中銀行當行員，管「甲活存」，在那種鬼場夥中，當然不會有出路和趣味。望你能提攜他一下。

如何？盼有機會時不要忘記。

此叩

刻安！

定波叩

九月二日

劼翁大鑒：

此次附來之表，其度數有到 93.4% 者，平均 90% 度數已經達到。生產量，自本月六日起，日可（30）桶。前數日之所以減產者，以積存黑灰，（即由灶中燒出之原料）使其冷卻之故耳。以後如儘量生產，日可達（40）桶，估計成本亦不會比舊製造法為高，只多加一點磨碎電力即可。

樂山物價旬日之間高漲三倍。素食已數日，且有米荒。同人中多乏米，我則有二三斗儲蓄，幸免於到處找米。

定波叩
九月九日

劼翁大鑒：

張漢良先生在這裡的辦法，大都係打開書本，照本「實驗」。這種辦法，當然非常危險的。至少，將一個廠的生產機構來作為實驗，也未免太近於奢侈了！當然，讓實驗回到實驗室中去，我們並不反對。

此刻，一切的技術員工對張都持不合作態度，——一切都聽命好了，完全沉默，毫無反應，也毫不參加意見，這是他們的態度。——而張則完全將精力放到技專去，毫不察覺。此外技專有數字為證：

8 月份 2447 令；

9 月份 2566 令；

10 月份 1957 令；

11 月份 1375 令（停機一部）。

然而普通的生產量，最平常亦應在 3000 令以上（最高可接近4000 令）。這原因何在呢？當然係因為廠長與技工人員脫節，以引起了人事的不調合（和）。

（二）關於張公為人。學問是毫無問題的，不過若果用一個大工廠來作為科學實驗，那就未免太近於奢侈了。（在實驗室中當然是可以的。）而且如果如此長期實驗下去，其結果當然不外有二：（A）廠裏會「皮裏抽肉」的枯萎了下去；（B）職工完全無福利可言，大家等到「願王倒灶好起身！」

（三）雖然總公司不斷的催造白紙，但據張公言，須等先造好燒鹼才行，那就非再等到一個月以後不可了。而漂粉久擱，是否愈擱愈糟，也是問題。這事，總公司關火的人，不能不加以考慮。

（四）刻間出紙光色甚壞，在技術人員之意，隨便怎樣好了，只聽廠長的吩咐好了，大有隔岸觀火之意。說句亮話，即有人「鳩冤枉」意味，而張公卻並不察覺也。

（五）硫化鹼現正在「試驗」中，據聞成績不佳，尚需再試造一個月光景。然賀貿卿則在一旁站著，未讓他加入工作。但賀又是

有點技術經驗的人，為甚麼不讓他工作一下呢？如果說未進過大學的技術人員完全可不用，那嘉裕、樂江早就應該關門了，還等得到現在？

又，用「焦煤」造硫化堿，成本是否將增高？也是問題。

（六）劼公每次來信均稱須減低成本，而廠裏則完全不作減低打算，又將奈何呢？

（七）前造之包紗紙，每令須用純堿（20）斤，豈不可終事！

好了，還有許多事，都不想寫了，就此「帶著」。且古語云：「狂夫之言，聖人察焉！」但請不要聲張，說我如此云云。專此即頌

刻安！

弟定波上

十二月九日

陳定波的四封信，雖然沒有年份，但張漢良到樂山分工廠負責是在 1948 年 3 月決定的，所以寫信應該都是在 1948 年。四封信中，陳定波對於工廠事務非常關心，對於主事的張漢良從開始的推崇到後來的抱怨，都因之關心心切。那時，嘉樂製紙廠股份有限公司樂山分公司因為物價飛漲，資金、原料都缺乏，陷入困境。樂山工廠在 12 月底就停工了，到 1949 年 2 月份才重新開工。

中華人民共和國成立後，陳翔鶴得以回到成都並恢復了自己的真實姓名。但是，對於曾經給予他庇護的嘉樂紙廠他還是念念不忘。

明海兄轉弋心兄大鑒：弋心兄所託二友人找尋職業的事，此間毫沒辦法。但東北來蓉招聘技術人才的電報（報上尚未宣布）已經到來了，（重慶地方早已在辦），望留心該項消息，以便報到。但總之，學技術的人，今後是絕對有出路的。東北的待遇甚高。此叩

刻安！

弟翔鶴上

三月廿日

劉明海是嘉樂製紙廠股份有限公司樂山分公司的技術員，總經理梁彬文對他是非常青睞的。在梁彬文寫給李劼人的信函中，表示在樂山分公司能夠稍微談點大事的人是陳定波，而能幹的職員是劉明海。陳翔鶴寫給職員劉明海的信應該是在 1950 年 3 月。那時成都解放，陳定波恢復了自己的原名陳翔鶴並

回到了成都。在信中，陳翔鶴對於工友的關心情真意切，及時向他們通報招工信息，在樂山分公司已陷入困境的時候為他們尋找出路，另一方面陳翔鶴也表達了「學技術的人，今後絕對有出路的」的觀念，無疑也是他對於李劼人及其同人實業救國理想的肯定和實踐的認可。

而對於他尊敬的李劼人，即便是出差時期，他都情不自禁與他分享自己的所見所聞，並時刻關心著嘉樂紙廠的現狀和發展前景，急於分擔嘉樂紙廠的困難，盡自己的微薄之力。

> 劼翁道席：
>
> 　現在紙廠怎樣？紙賣給政府的事情解決否？至念。
>
> 　我們一到達北京後，即忙得一塌胡（糊）途（塗），從早參觀到晚——但亦不過走馬看花而已，深入，時間是不夠的。
>
> 　嘉樂的資料，我已交給周太玄兄，請他反映上去——黃潤之院長不容易會見。
>
> 　此刻的北京「人侍候人」的現象（這種精神也已消滅）已經沒有了，大家樸素簡單，為人民服務。這種事實是為歷史上所從來未有過的。
>
> 　教授們（報酬從一千斤小米到以前四百斤止）很是過得，未聽見有人叫窮的，大家都有餘錢買書。有些從前在成都光杆的人，現在已經四壁圖書，光燦滿目了。於是已可想見早解放的好處。供給制的中共黨員幹部生活卻很清苦。正所謂吃苦在前享受在後。
>
> 　京郊（連河北全省）土改已完成，本年農民生活即可好轉。當然市面也會隨之繁榮起來，就此刻也並不蕭條。
>
> 　我們今晚乘車直達哈爾濱（東北人民政府的主張），從北起參觀到南。這消息見之於報端。蓉副市長的事您願意幹否？我對於我的新工作（調到川西文教廳）覺得十分惶恐，因根本沒有這種才能，又無經驗，奈何，奈何！此候
>
> 　暑安
>
> 　　　　　　　　　　　　　　　　　　　　翔鶴　再拜
> 　　　　　　　　　　　　　　　　　　　　七月十一日

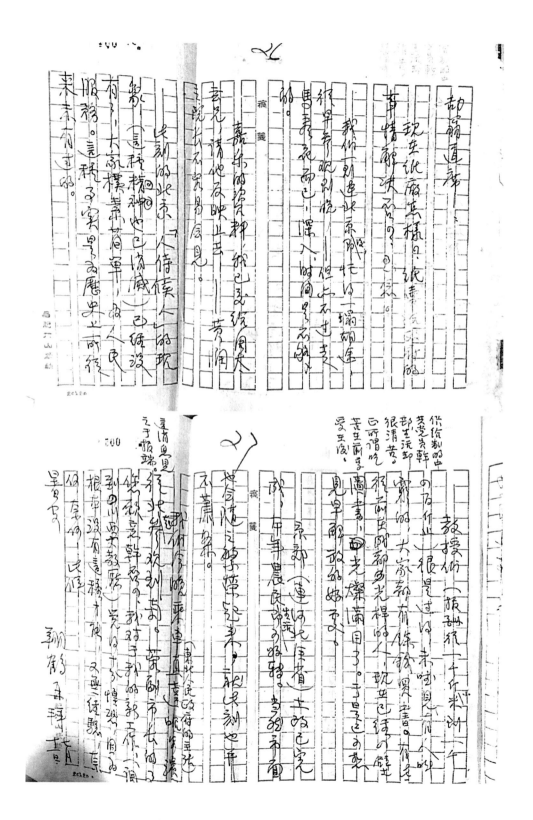

　　信中雖然沒有提到明確的年份，但是，李劼人是在 1950 年 7 月 6 日被人民政府批准任命為成都市副市長的，這封信應該就是寫於 1950 年。陳翔鶴想必瞭解李劼人不願做官的想法，也清楚李劼人把所有的精力都投注於嘉樂紙廠的經營管理上。確實當時李劼人以「我還沒有在思想上做準備，沒有實際工作的經驗，再加上嘉樂紙廠工作的牽連，不能任此工作」〔註4〕為由表示推辭任命。但是在中華人民共和國成立之初，作為一位有一定社會影響力，同時又在思想上傾向於共產黨的實業家，很容易得到黨的信任，李劼人最後出任了成都市副市長。只是由於李劼人並沒有相應的政務管理經驗，這樣的安排，更多地加諸其身的，只是煩惱。

　　而文人陳翔鶴這時與李劼人有著同樣的困窘——出任川西文教廳副廳長，這於他來說也是一項嚴峻的挑戰。如果說民主人士李劼人還可以拒絕被任命，還有著躲在家中改寫小說的自由的話，那中國共產黨黨員的陳翔鶴就只有無條件服從組織的安排，迎著困難上了。1949 年以後的陳翔鶴，歷任了川西教育廳副廳長，四川省文聯副主席，四川大學教授，中國社科院文學研究所研究員，《文學遺產》主編，《文學季刊》主編，《文學評論》常務編委。幸運的是陳翔鶴在眾多身份更迭後，找到了他的學術之路，也迎來了他寫作的高峰。可惜的是我們無從得知李劼人有沒有機會閱讀到《陶淵明寫〈輓歌〉》和《廣陵散》，也無法想像那該是怎樣一種精神碰撞。

此文發表於《新文學史料》2018 年第 2 期

〔註 4〕黨外人士座談會記錄，1950 年 7 月，李劼人檔案，四川省委統戰部檔案室。轉引自雷兵的博士論文《「改行的作家」——市長李劼人的角色認同（1950～1962）》。

一則新發現的李劼人散佚檔案——
爬梳李劼人先生與葉聖陶先生的交往史

　　李劼人以小說而聞名。不過就其個人職業來說，文學創作只是他的副業，他真正執著並之投注大量精力的是實業。放眼李劼人的朋友圈，文人朋友並不是太多，並且與文人的交往往往並不是為了詩詞唱和，而是出於實業發展需求或者是給予資助。表面上看是現實的、功利的，實質卻又是超出個人的、是純粹的。

　　日前新發現的李劼人一則散佚檔案，為此做了最好的詮釋：

　　愈之、聖陶先生：

　　　　因為弟主持的「嘉樂紙廠」目前正遭逢了沒有銷路所形成周轉上的極度困難，而此事與您處不無關係，特冒昧奉瀆，殷望閣下加以特別的、迅速的援助！

　　　　我們的紙廠，聖陶先生很瞭解，是西南最早一家機器紙廠；過去對於社會文化的貢獻，曾留有不可磨滅的印象。自從去年遭到反動政府經濟的壓抑，整年停工達九個月之久，歷年所蘊蓄的資力，消耗盡罄，至本年一月七日接受此地新華書店的定貨，才復工。這樣平順的生產了兩個月，每月生產量達到三千多令，最近更做到四千令以上的超額。但是，銷售的對象，因為購買力普遍貧弱的關係，只有政府的機構才有購買的力量；而這些機構，為了執行「精儉緊縮」的政策，停止了對我們紙張的收購，於是我們的廠即面臨空前的危機：幾乎兩個月以來，生產品始終找不到出路。

我想，這些事實對於政府「公私兼顧」的政策是相違背的。所以，只好向閣下發出迫切的呼籲：

一、本年秋季教科書瞬即開始，請即電令川西、川南、川東各行署普遍採用我廠的紙張印製教科書，以符「公私兼顧」的政策。

二、請電令成都與重慶的人民銀行，隨時予以較長時間的貸款，以資周轉。（事實上此間貸款非常困難的，並且利息也很高。）

三、如上列兩項有礙難的（「的」的衍字）地方，那嗎只好請閣下設法由政府投資合辦或租辦。

目前，我廠的紙張有兩種：（一）嘉樂米色紙每令現價為食米二百三十二斤半；（二）嘉樂白道林（漏一「紙」字），每令現價為食米三百一十斤。（西南一般物價都很高，我們的紙張在四川算是最便宜的，所定的價錢，連百分之二十的合法利潤都沒有做到！）

附上樣張，希望您的批評和指教！

依現在四川機器紙的情況來說，剩下已經開工的沒有多少家，產量方面，單只供應西南區印製教科書恐怕數量上不見得很夠。因之據弟推測，紙張絕對有出路，問題在上氣不接下氣的時候，萬分希望政府的幫助。公營的暫不說，私營的如我們的廠，其嚴重情形可以想像的。所以，請相信我們向閣下所發出的迫切呼籲，是真確絕無虛妄的。

敬候閣下的惠助和指示！尚致

敬意

弟李劼人手上

信函沒有日期，不過據文中「自從去年遭到反動政府經濟的壓抑，整年停工達九個月之久，歷年所蘊蓄的資力，消耗盡罄，至本年一月七日接受此地新華書店的定貨，才復工。」推測，寫信時間應該是在 1950 年 5 月，此時的嘉樂紙廠又一次面臨停工的窘境。

在這樣的危難時刻，李劼人之所以寫信給胡愈之、葉聖陶求助，原因有二：首先是因為現管。

在紙張積壓、經費吃緊之時，李劼人動用所有人際關係力圖為紙廠謀出路。首先找到時任輕工業部部長的黃炎培求助，懇求政策支持，希望官方出面讓川東、川西出版界在印製秋季教科書時，儘量採用嘉樂紙廠的嘉樂紙。另外

就是直接聯繫出版總署。胡愈之、葉聖陶時任國家出版總署長與副署長，川西出版處正是其所管下屬部門。

其次是因為皆為舊識，彼此「很瞭解」。

信函的開頭是給胡愈之和葉聖陶兩位的，不過，葉聖陶才是李劼人的舊識，並且葉聖陶對於嘉樂紙廠、對於李劼人才是很瞭解的。本文也正是藉著這份文獻的發現，來爬梳李劼人與葉聖陶的交往歷史。

雖然李劼人與葉聖陶同為作家，但是彼此之間因為出身和成長環境迥異，兩人之間之前並未有任何交集，直到抗戰爆發，兩人之間才有了交集的可能。

1938 年 10 月葉聖陶應聘來到西遷的國立武漢大學執教，同城的嘉樂紙廠對於葉聖陶有什麼影響、嘉樂紙廠的董事長李劼人與葉聖陶有什麼私交並沒有文獻記載。嘉樂紙廠生產的紙張，長期作為報刊、教科書的印刷紙張而在抗戰時期為西南文化事業作出了卓越的貢獻，嘉樂紙廠從利潤中取出部分專門設置文化補助金資助川內文化事業，受惠者中也有國立武漢大學的師生。他的武大同事劉永濟、蘇雪林、朱光潛、楊端六等也都購買過嘉樂紙廠的股票。這些想必葉聖陶也有所耳聞目睹。

兩人之間更多的交集是在葉聖陶 1940 年離開武漢國立大學而去往成都任教育科學館專門委員之後了。在 1942 年與李劼人同當選為文協成都分會的理事，兩人至少有了文協工作上的合作。從 1939 年文協成都分會成立後，因為董事長李劼人的關係，嘉樂紙廠長期以捐錢、捐物（紙張）等作為文協的活動經費和文協會刊《筆陣》的出版經費，後來文協的活動場所甚至就是在嘉樂紙廠的成都辦事處。「聖陶先生很瞭解」那應該是當然的。1943 年 5 月 6 日，在《華西晚報》上葉聖陶和李劼人等發表《成都文藝界為張天翼氏募集醫藥費為萬迪鶴氏遺屬募集瞻養金啟事》，1944 年 7 月發起「援助貧病作家籌募基金運動」，1944 年 12 月還成立了「文化人協濟委員會」，援助湘桂流亡來蓉之文化界人士。〔註1〕同為愛國的文人，兩人在戰時的成都結下了深厚的同志情誼。

中華人民共和國成立後，兩人之間的交往仍在延續。

在新發現的這份李劼人寫給胡愈之和葉聖陶的信中，李劼人沒有任何個人的寒暄，也無個人的任何需求，完全是對於「我們的廠」的心急火燎。在這樣的拳拳之心下，嘉樂紙廠的求助獲得了回應：

1950 年 6 月 7 日嘉樂紙廠就收到了來自輕工業部的通知：

〔註 1〕參見商金林：《葉聖陶畫傳》，南昌：江西人民出版社，2015 年，第 216 頁。

五月四日電呈：因產品滯銷瀕於停廠，懇令川東、西出版界在印製秋季教科書時，儘量採用成品，並商人民銀行低利貸款等情一案，當經我部分別函致中國人民銀行總行及出版總署轉商，茲接中國人民銀行總行放字第 100 號函復，略謂：「四川私營嘉樂紙廠因產品滯銷要貸款一案，已轉知西南區行予以調查後辦理」。至於出版總署方面，續經我部派人前去面洽，亦允轉知川省各出版社，如需用紙張時，予以採用。據電前情，合行通知。希即分別逕與洽辦。

輕工業部通知嘉樂紙廠申請貸款一事已轉告西南區行調查後辦理，也派人去出版總署商洽了，出版總署答應轉告四川省各出版社儘量採用嘉樂紙。通知的落款是時任輕工業部部長黃炎培。同時，李劼人在省內也多方籌措。老友陳翔鶴也積極促成李劼人與成都軍管會文教接管委員會主任杜心源的會晤，希冀通過協商實現新華書店都訂購嘉樂紙來印課本。

儘管費盡心力，儘管百般周旋，無奈 160 噸紙張積壓，而川西出版處和《川西日報》因為報紙、書籍銷路不暢也停止了購買嘉樂紙。產品滯銷造成生產過剩，而生產過剩又引發了其他嚴重情況，再加上岷江電費較成都、重慶兩地都高，無法降低成本與兩地的紙廠競爭。嘉樂紙廠終於在 1950 年 6 月 16 日宣布機動性停工了。1950～1952 年間，嘉樂紙廠四起四落，最後在 1952 年 7 月正式提出公私合營的申請。其間，李劼人一直不離不棄，嘔心瀝血。

寫給胡愈之、葉聖陶二位的求助信函雖然並沒有獲得預期的效果，但是李劼人與葉聖陶的關係並沒有終止。

據史曉風的《菱窠之憶——記葉聖陶與李劼人的最後一晤》中記載，1961 年 5 月 3 日，入川調查的葉聖陶去菱窠拜訪了李劼人。「兩位文學家晤談甚歡。李先生說他擔任了成都市副市長，但主要精力仍從事寫作。」〔註2〕

其時，李劼人的職務為成都市副市長，葉聖陶的職務為教育部副部長兼人民教育出版社社長。不過此次會面是兩個文學家、兩個老友的會面。在葉聖陶的日記中也曾有關於這段經歷的記載，而在文學家筆下，對於這次會面記得更為詳細和生動：

三日（星期三）

昨託楊廳長與李劼人約，往訪其郊外之居。晨九時楊來，遂驅

〔註2〕史曉風：《菱窠之憶——記葉聖陶與李劼人的最後一晤》，《人民日報》，1987 年 10 月 20 日第 8 版。

車出東門，至沙河堡，問道數次，乃抵李之菱窩（窠）。高柳當門，屋內簡雅。促膝同談，李君風度依然。云寫《大波》敍辛亥革命預計須四卷，今方寫第三卷，僅成其小半。四卷完成，當在數年之後。其職務為副市長，似管事不多。談及昭覺寺，李君告余今之昭覺寺係吳三桂出資重建，方丈內陳列僧鞋一雙，係陳圓圓贈與當時方丈者。全寺唯方丈之屋未遭兵燹，為明時之建築云。李君導登其樓，樓藏書籍，所收字畫頗富。壁間懸掛者頗有佳品，一一觀之。談至十一時半辭出，約於下半年人大開會時在京再晤。〔註3〕

日記中，葉聖陶的一句「李君風度依然」很有歷史感，此時距抗戰勝利，葉聖陶攜家離川都已經16個年頭了。從「問道數次」可以推出葉聖陶之前並沒有去過菱窠，「高柳當門，屋內簡雅」八字傳神地把菱窠的風雅呈現出來，而李劼人把自己一生的收藏都親自展現給了葉聖陶。兩人促膝交談甚歡，談話的內容也很廣泛。此時的李劼人對於其《大波》的創作興致盎然，並預計在數年之後可完成四卷本。豪情滿懷的李劼人怎麼也想不到自己一年後就會匆匆離世。想必李劼人也曾詢問葉聖陶到四川後遊玩過哪些地方，才有日記中提到對於葉聖陶頭天去遊過的昭覺寺，李劼人補充做了一些介紹。

最令人動容的是時隔一天之後，葉聖陶在5日的日記中，在記載了一天的行程後，突然加入了這麼一段文字：

近來各種劇爭編楚王句踐之戲，旨在鼓勵群眾自力更生，發憤圖強。前日李劼人為余言，川戲《臥薪嚐膽》不用伍子胥與西施之情節，專從越王圖自強著筆，迥不猶人。又言提出「嘗膽」極有力，開場即為越王自吳獲釋而歸，歸即告廟，祭畢分胙肉，越王獨取牲畜之膽。余覺李言誠是，因記之。〔註4〕

這明顯是補記的3日談話內容，看得出葉聖陶對於李劼人關於川戲《臥薪嚐膽》的談話內容是印象深刻的，對於其關於歷史劇的改編觀點也是非常贊同的。

兩位在5月3日的會晤，因為特殊的歷史原因，我們已經無從知曉李劼人當時有沒有、又是如何記載此次會晤的。但僅從葉聖陶的字裏行間，就體味

〔註3〕葉至善，葉至美，葉至誠編：《葉聖陶集》第23卷，南京：江蘇教育出版社，1994年，第211～212頁。

〔註4〕葉至善，葉至美，葉至誠編：《葉聖陶集》第23卷，南京：江蘇教育出版社，1994年，第214頁。

到了惺惺相惜之情。所以當來年葉聖陶從秘書史曉風口中知道李劼人去世的消息時,「葉先生悵惘地在窗前站立良久,遙望西天,突然轉身坐下,握筆疾書:『成都市人委轉李劼人副市長家屬:閱報驚悉劼人先生病逝,傷悼殊深。去春訪菱窠,豪情猶在目前。囑書勞余字額,猶未奉繳,而先生不我待矣,嗚呼。葉聖陶』」。〔註5〕

　　同為中國現代文學史上的大家,葉聖陶與李劼人雖沒有成為至交好友,但是他們的精神是相通的。兩人都曾經從事過教師、編輯工作,兩人都以文學而名世,兩人在中華人民共和國成立後都先後踏上了領導崗位,但是兩人內心都堅定著自己選定的職業。終其一生,葉聖陶一直強調的職業是編輯、是老師,而李劼人從1925年創辦嘉樂紙廠後一直投身於紙廠二十多個春秋,兢兢業業於實業經營。他們都是務實的實幹家,秉承的就是「自力更生,發憤圖強」的精神。

此文發表於《新文學史料》2019年第4期

〔註5〕史曉風:《菱窠之憶——記葉聖陶與李劼人的最後一晤》,《人民日報》,1987年10月20日第8版。